Friedrich Kaiser

Wiener Theater-Repertoir

General Laudon geschichtliches Volksstück mit Gesang und Tanz in fünf

Bildern

Friedrich Kaiser

Wiener Theater-Repertoir
General Laudon geschichtliches Volksstück mit Gesang und Tanz in fünf Bildern

ISBN/EAN: 9783743675988

Hergestellt in Europa, USA, Kanada, Australien, Japan

Cover: Foto ©Andreas Hilbeck / pixelio.de

Weitere Bücher finden Sie auf **www.hansebooks.com**

Wiener
Theater-Repertoir.

288. Lieferung.

General Laudon.

Geschichtliches Volksstück mit Gesang und Tanz in 5 Bildern

von

Friedrich Kaiser.

Preis 80 Neukreuzer oder 16 Sgr.

Wien, 1875.

Verlag der Wallishausser'schen Buchhandlung (Josef Klemm),

Stadt, hoher Markt 1, gegenüber dem Salvagnihof.

Druck und Papier von Leopold Sommer & Comp. in Wien.

General Laudon.

Geschichtliches Volksstück mit Gesang und Tanz in fünf Bildern

von

Friedrich Kaiser.

Wien, 1875.
Wallishausser'sche Buchhandlung (Josef Klemm).

Personen.

Kaiserin Maria Theresia.
Franz der Erste, römisch-deutscher Kaiser.
Erzherzog Josef, Kronprinz.
Fürst Wenzel Liechtenstein, Feldmarschall.
Graf Harrach, Feldmarschall, Präsident des Hofkriegsrathes.
Gräfin Daun, Feldmarschallsgattin.
Ignaz Baron von Koch, Cabinetssecretär der Kaiserin.
Gideon Ernst Freiherr von Laudon, k. k. Feldmarschall-Lieutenant.
Reinhold Freiherr von Laudon, sein Neffe, Oberlieutenant.
Clara.
Graf Wallis, Oberst.
Horst, Oberlieutenant, Adjutant.
Stein, Auditor.
Hochstetten, Secretär der Staatskanzlei.
Krummschnabel, Feldscherer.
Woitic, croatischer Feldpater.
Doris, Major
Tannhorst, Fähnrich } in der preußischen Armee.
Brennebock, Profoß
Helmreich, Capitalist und Hausbesitzer in der Josefstadt.
Resi, seine Tochter.
Gruber, Schneidermeister.
Lenore, dessen Frau.
Franz, deren Sohn.
Georg Eltner, Grenadier.
Holos, Husar.
Wasil, russischer Soldat.
Proni, Marketenderin.
Marianne Weißhuber, Müllerswitwe.
Schmeidig, Bürgermeister von Schweidnitz.
Eulalie, dessen Frau.
Benele,
Pluster,
Marthe, } Einwohner von Schweidnitz.
Ricke,
Hanne,
Ein Profoß.

Generäle. — Adjutanten. — Freiwillige. — Soldaten. — Volk.

Erstes Bild.

Im Bürgerhause.

Aermlich eingerichtete Stube mit einer Mittel- und zwei Seitenthüren; — im Vordergrund links ein Fenster, an demselben ein Nähtisch, von einer runden Bank umgeben, rechts ein langer Zuschneidetisch mit Tuch und Schneiderwerkzeugen; an den Wänden Schränke und Stühle.

Erste Scene.

Franz. Lenore.

Franz (sitzt auf der Bank am Nähtische, ein Kleidungsstück auf dem Schooße, die Nadel in der Hand, arbeitet aber nicht, sondern sieht sehnsüchtig durch das Fenster nach oben).

Lenore (einen Korb am Arme tragend, tritt aus der Seitenthüre rechts, sieht auf Franz, macht eine Geberde der Unzufriedenheit, geht zu ihm und schlägt ihn von rückwärts auf die Schulter). Franz! Wo schaust denn wieder hin?

Franz (schwärmerisch). Dorthin, wo meine Sonn' aufgeht!

Lenore. Ich seh' nichts als ein fürchterliches Donnerwetter aufsteigen. Die Jungfer Resi — die Tochter von so ein' reichen Mann — und Du — ein armer Schneidergesell!

Franz. Warum muß ich's denn sein? (Wirft die Nadel weg.) Mich ekelt's schon an!

Lenore (gegen die Mittelthür horchend). Still! — Der Vater kommt!

Zweite Scene.

Vorige. Gruber.

Gruber (tritt geschäftig durch die Mittelthür ein, zu Lenoren). Ah, bist noch z'Haus, Alte? Das ist g'scheidt! Denk' Dir nur, g'rad begegn' ich den Herrn Hochstetten —

Franz. Den Secretär von der Staatskanzlei, der vor zehn Jahren öfter zu uns 'kommen ist?

Lenore. Hm! seine Besuch' haben weniger uns 'golten, als dem quittirten Hauptmann — dem (zu Gruber) Du damals das Kammerl (gegen links weisend) umsonst überlassen hast —

Gruber. Weil er mich dauert hat; — der arme Mann hat sich mit seinem Commandanten, dem wilden Panduren-führer Trenk, überworfen g'habt, war in ein' Proceß verwickelt und hat deswegen nicht von Wien fort dürfen, obwohl er kein' Kreuzer Geld g'habt hat — bis ihm endlich der Herr Hochstetten doch wieder zu einer Officiersstell' verholfen hat — freilich tief drunt' an der Gränz'.

Lenore. Da hast Du ihm noch a neue Uniform g'macht, ohne dafür was zu verlangen — so eine Verschwendung!

Gruber. Verschwendung? — Wenn ich denk', daß der damalige arme Hauptmann jetzt der berühmte Feldmarschall-Lieutenant Laudon ist, so schäm' ich mich fast, daß ich so wenig, und bin

1*

wieder stolz d'rauf, daß ich doch etwas
hab' für ihn thun können!

Lenore. Aber Du hast ja von dem
Herrn Hochstetten reden wollen.

Gruber. Ja — der begegnet mir
g'rad in unserer Gassen. „Lieber Gruber," sagt' er — „ich hab' Ihn eben
aufsuchen wollen, ich möcht' gern wieder
einmal einen Löffel Suppe bei Ihm essen,
aber ich brächt' noch einen Freund mit,
der eben angekommen ist —"

Lenore. Was? also zwei Gäst'!?

Gruber. Er will Dir seine Nachbarin
herschicken, eine Frau, die mit dem Kochen gut umzugehen wüßt' —

Lenore. 's Kochen wär's Wenigste
— aber 's Einkaufen —!

Gruber. Da — (zieht aus der Westen-
tasche ein Papierchen und gibt es ihr) da
hast noch ein' Gulden, und jetzt schau
halt, daß d' was Ordentliches kriegst;
— einmal können wir uns ja auch ein'
guten Tag anthun — und damit's ein'
Spaß gibt, lad' ich den narrischen Va-
der auch noch ein.

Franz. Den Krummschnabel —?

Gruber. Er war als Feldscher bei
der schlesischen Armee und weiß eine
Menge zu erzählen. Also mach' kein so
finsteres G'sicht — tummel Dich, daß
d' auf'n Markt kommst — es soll heut'
bei uns recht g'müthlich hergehen! O,
es geht gar nichts über die Gemüthlich-
keit! (Eilt durch die Mitte ab.)

Lenore. Ist das ein leichtsinniger
Mann! Wenn er nur tractiren kann!

Franz. Ja, Geiz kennt der Vater
nicht, und er hat ja ohnedieß so wenig
frohe Stunden!

Lenore. Die kann man sich nur schaffen, wenn man Geld hat, aber — (das
Papier betrachtend) was laßt sich denn
für so ein Bancozettel viel einkaufen?
Ich weiß wahrhaftig nicht, wie ich's
anstell'. (Geht nachdenkend auf und nieder.)

Dritte Scene.

Vorige. Clara.

Clara (in einem einfachen bürgerlichen
Kleide, tritt durch die Mitte ein).

Franz (sie erblickend). Wir kriegen
Besuch?

Clara (etwas schüchtern). Ich bin doch
hier recht bei der Frau Gruberin?

Lenore. Die bin ich — was steht
zu Diensten —?

Clara. Der Herr Secretär Hochstetten —

Lenore. Ah — dann ist also Sie
die Frau, die er mir zur Aushilf' schickt.

Clara. Ja, und wenn's Ihr recht
ist, so will ich gleich statt Ihr auf den
Markt — (Langt nach dem Korbe.)

Lenore. Nur Geduld! — Wenn ich
Sie einkaufen laß', muß ich Ihr auch'z
Geld mitgeben, und — — (Blickt sie
etwas mißtrauisch an.)

Clara. Das ist nicht nöthig! Ich
will schon indeß Alles auslegen — wir
verrechnen uns später — zeig' Sie mir
nur die Küche.

Lenore. Die ist da! (Oeffnet die
Seitenthür rechts.)

Clara (wirft einen Blick hinein). Mit
dem Geräthe werd' ich wohl nicht aus-
langen, aber das thut nichts, ich werde
Einiges von meinem eigenen herbeischaf-
fen lassen. (Wieder hineinsehend.) Ah —
dort ist noch ein Ausgang gegen die
Straße, da kann ich aus- und eingehen,
ohne Euch hier zu incommodiren. Lasse
Sie also nun nur mich gewähren, aber
allein, dieß bitt' ich mir aus, denn
Köchinnen haben auch ihre geheimen
Recepte wie die Apotheker. (Ab nach
rechts.)

Franz (ihr nachsehend). Das ist eine
recht liebe Person!

Lenore. Wenn's nur was kann und
nicht zu viel auslegt. Ich bin froh, daß
ich nichts mehr zu thun hab', so kann
ich mich doch ein bissel in Staat wer-

fen. — Und Du zieh' auch Deinen Sonn-
tagsrock an — für heut' ist's ohachin
aus mit der Arbeit!

Franz. Ich wollt', es wär' für immer aus! (Ab mit Lenoren nach links.)

Vierte Scene.

Vorige. Krummschnabel (durch
die Mitte). Helmreich.

Krummschnabel (in der Uniform
eines Feldscherers, militärisch carikirt, tritt
durch die Mitte ein).

Helmreich (eben auch eintretend und ihn
erblickend). Da treff' ich mit Ihm zusamm', Bader Krummschnabel.

Krummschnabel. Was Bader! man
bittet um die gehörige militärische Titu-
latur: kaiserlicher königlicher wirklicher
Unterfeldscherer —

Helmreich. Und hat's im Civil nicht
einmal bis zum Magister gebracht, aber
freilich — im Krieg — wenn Noth
an Mann ist, nehmen sie jeden herge-
loffenen Kerl!

Krummschnabel. Besser ein Herge-
loffener, als ein Davongeloffener. In
der Armee weiß man, was man an
mir hat! Wo ich nicht dabei bin, geht's
gleich schief — das hat jetzt der Feldmarschall-Lieutenant Landon erfahren —

Helmreich (aufmerksam). Der Landon?
(Für sich.) Vielleicht kann mir der (auf
Krummschnabel blickend) Auskunft geben!

Krummschnabel. Er ist nach dem
letzten Feldzug nach Wien berufen
worden, reist von Zittau ab, hat aber
mich nicht mitgenommen. Was g'schieht?
— Richtig — in Teplitz wird er schwer
krank —

Helmreich. Man hat ihm aber
gleich die g'schicktesten Aerzt' g'schickt,
seine Frau ist auch zu ihm g'reist und
hat ihn gepflegt, und hier hat ihn
der kaiserliche Leibarzt, der Doctor
van Swieten, ganz hergestellt.

Krummschnabel. Hm! Der van
Swieten ist kein ungeschickter Mann.
aber wenn ich den Landon behandelt
hätt', so hätt' er's g'schwinder überstanden.

Fünfte Scene.

Vorige. Clara. Zwei Mägde.

Clara und zwei Mägde (welche
Tischgeräthe tragen, kommen von rechts).

Clara. Stellt den Tisch (auf den
Zuschneidetisch weisend) in die Mitte.

Die Mägde (räumen den Tisch ab,
stellen ihn in die Mitte, nehmen während
des Folgenden weiße Tücher, reiche Couverts
und einige Tafelaufsätze aus den Körben,
decken den Tisch, stellen Stühle an denselben
und entfernen sich dann wieder nach rechts).

Helmreich. Was g'schieht denn da?

Krummschnabel. Der Herr Gruber
gibt heute Tafel — ist Er auch geladen,
Herr Helmreich?

Helmreich (zornig). Ja — geladen!
— werd gleich losgeh'n! Aber jetzt sag'
Er mir, kennt Er den Landon genauer?

Krummschnabel. Ha! ich werd'
ihn nicht kennen — als Kriegskame-
rad! Aber warum fragt Er?

Helmreich. Na, sieht Er — ich
bin bekannt als ein guter Patriot. —
Ich möcht' mich gern bei der Armee-
lieferung betheiligen — und wollt' zu
dem Zweck mich an den Landon wenden
— wenn Er mir vielleicht einen Weg
bahnen möcht' — es sollt' Sein
Schaden nicht sein —

Krummschnabel. Hm! hm! wollen
sehen — wollen sehen!

Helmreich. Vielleicht ging's, wenn
ich mich hinter seine Frau stecket —
kennt Er die auch?

Krummschnabel. Nein, sie war bei
keiner Bataille, aber gehört hab' ich
von ihr; — er hat sie noch als
Hauptmann geheiratet und in die
Granitz mitgenommen — sie wird halt
so ein Tschapperl sein, der's nur darum

zu thun war, Frau zu werden, denn ihn hat die Schönheit nie geplagt.

Helmreich (heimlich). Was meint Er? wenn ich zuerst der ein schönes Brocatkleid spendiret? — Aber — wir sind nicht allein — (Sieht sich um.)

Clara (ist während der letzten Reden etwas neugierig hinter die Sprechenden gekommen).

Helmreich (sie erblickend, anfangs zornig). Was will Sie —? (Sie mehr in's Auge fassend, wohlgefälliger.) Ein nettes Figürl!

Krummschnabel (ebenfalls überrascht). Potz Kürassier und Grenadier! ein mordsaubres Weibsstück! (Will sie am Kinne fassen.)

Clara (zurücktretend und ihm einen strafenden Blick zuwerfend). Was untersteht Er sich —?

Krummschnabel. Ha! nehm' Sie das nicht übel! Wir Kriegsmänner sind gewohnt rasch anzugreifen! (Will wieder zu ihr.)

Helmreich (zu Clara). Fürcht' Sie sich nicht, ich beschütz' Sie! (Will sie um die Mitte nehmen.)

Clara (ernstlich böse). Soll ich um Hilfe rufen?

Helmreich. Aber nein! Ich mein's ja gut, — aber sag' Sie mir nur, wer ist Sie denn?

Clara. Im Augenblicke Köchin bei der Frau Gruberin.

Helmreich. Die nimmt sich so hübsche Dienstboten auf? — Der Angus! — Aber in dem Haus' — das kann ich Ihr sagen — wird Sie nicht lang bleiben.

Clara. Warum nicht?

Helmreich. Weil's den Gruber'schen bald selber schlecht geh'n wird; ich vernichte die ganze Familie — ich richt' sie zu Grund — ich ruinir' sie — —

Clara. Aber was haben Ihm denn die armen Leute gethan?

Helmreich. Stell' Sie sich nur vor, der Schneiderbnb erlaubt sich meiner Tochter Liebesanträg' zu machen — Aber ich bin noch da! Den Burschen verklag' ich bei der Keuschheitscommission — meine Tochter enterb' ich — ihr zum Possen heirat' ich selber noch einmal und schaff' mir eine neue Familie an! — (Zu Clara.) Wenn Sie mir zu diesem Zweck förderlich sein will — (Sieht gegen die Thür linke, welche eben geöffnet wird.) Ha! Aber da kommen sie — Mutter und Sohn! (Zu Clara.) Jetzt geb' Sie Acht! wenn Sie noch nie einen brennenden Löwen g'sehen hat. so schau Sie nur mich an! (Nimmt die Haltung eines Wüthenden an.)

Sechste Scene.

Vorige. Lenore. Franz, dann Gruber.

Lenore } (im Sonntagsstaate, treten aus
Franz } der Seitenthür links).

Franz (Helmreich erblickend, erschreckt, leise zu Lenoren). Der Helmreich!

Lenore (ebenso — zu Franz). Hab' ich's nicht g'sagt! Und wiar er drein schaut! — 's gibt ein Unglück! —

Clara (ist hinter die Beiden getreten, leise zu ihnen). Fürchtet nichts! Ich mach' ihn zahm! (Geht wieder auf die andere Seite, hinter Helmreich.)

Franz (ihr verwundert nachsehend). Sie? — was will sie —?

Gruber (tritt durch die Mitte ein).

Lenore (leise). Gott sei Dank! — der Vater kommt!

Gruber (auf den Tisch blickend). Ah! schon Alles gedeckt? — Und wie prächtig! (Tritt zu Lenoren.) Ja, sag' mir nur —

Lenore (macht ihn ängstlich auf Helmreich aufmerksam).

Gruber (überrascht, leise). Der da —?

Helmreich (leise zu Krummschnabel). Jetzt ist die ganze Schneidersippschaft beisammen. — Bock — Gais und Zickerl!

Jetzt soll Er was erleben! (Laut, strenge.) Daher zu mir! Alle Drei!

Lenore (immer ängstlicher, will Gruber zurückhalten). Mann! — Ich bitt' Dich!

Clara (leise). Herr Helmreich!

Helmreich (noch zornig). Was soll's?

Clara (winkt ihn freundlich lächelnd zu sich).

Helmreich (wendet sich zu ihr).

Clara (flüstert ihm heimlich einige Worte zu).

Gruber (macht sich von Lenoren los). Ah was! In meinem Haus soll er mich nicht insultiren! — (Tritt vor zu Helmreich.) Was steht zu Diensten?

Helmreich (welcher Clara's Mittheilung mit sichtbarer Ueberraschung angehört hat, ohne sich umzusehen, zu Gruber). Warten! — Ein wenig warten! (Leise zu Clara.) Um Himmels willen! was Sie da sagt — —!

Clara (leise). Ist die reine Wahrheit — ich schwör' Ihm's! Richt' Er darnach sein Benehmen! (Entfernt sich rasch durch die Thür rechts.)

Helmreich (für sich). Donnerwetter! Da heißt's umstecken! Ich muß um jeden Preis hier zu bleiben suchen!

Gruber. Na, Herr Helmreich! Was gibt mir denn die besondere Ehr'?

Helmreich (plötzlich wie umgewandelt, überaus freundlich). Ah — mein lieber Meister! Nehm' Er's nur nicht übel, wenn ich vielleicht ungelegen komm', — wie ich seh' (auf den Tisch weisend) hat Er heut' Gäst' —

Gruber (kurz). Ja — ein paar gute Freund' —

Helmreich. Gute Freund? (Herzlich ihm die Hand entgegenhaltend.) Und da hat Er auf mich vergessen?

Gruber (befremdet, Lenoren ansehend). Was ist denn das?

Lenore (verwundert). Ich weiß nicht wie mir g'schieht?

(Zugleich)

Helmreich (scherzend zu Gruber). Er ist ein recht schlimmer Mann! Er hätt' wohl seinen Franzl zu mir schicken und mich und — — (mit einem bedeutungsvollen Blicke auf Franz) meine Tochter einladen lassen können —

Franz (außer sich vor Freude). Was? — Die Jungfer Resi — bei uns essen? — Da wär' ja noch Zeit! —

Helmreich. Na, so geh' Er hinüber und frag' Er's, ob sie mit Ihm gehen will?

Franz. Ich geh' — ich lauf' — ich flieg'! — die Resi an unserm Tisch! (Zu Lenoren.) Frau Mutter! heb' Sie mir ein' Platz neben ihr auf! — für mich braucht Sie nichts anzurichten — ich bring' mei Leibspeis' selber mit! (Eilt durch die Mitte ab.)

Gruber (für sich). Ich kenn' mich gar nicht aus!

Helmreich. Ein hübscher Bursch ener Franz!

Gruber. Und ein braver Bursch, das ist die Hauptsach' —

Krummschnabel. Er versteht nicht nur den Zwirn, sondern auch Amour-schaften einzufädeln — in die Augen zu stechen —

Helmreich. Ha, ha, ha! Ich hab's wohl weg! Mein Gott! man muß seinen Kindern auch eine Freud' lassen — wir waren ja auch einmal jung!

Lenore (für sich) Der lebt nicht mehr lang!

Siebente Scene.

Vorige. Hochstetten.

Hochstetten (tritt durch die Mitte ein). Gott zum Gruß allerseits!

Gruber (ihm entgegengehend). Ah, Herr Secretär! — herzlich willkommen! Aber was ist's? — allein? — Sie haben doch gesagt —

Hochstetten. Daß ich noch einen Freund mitbringe; — dieser wird sich auch gewiß — aber erst etwas später einfinden. (Zu Lenoren.) Frau Gruberin!

Verzeih' Sie, daß ich Ihr Ungelegenheiten bereite.

Lenore. O bitt' — 's ist ja eh'
schon ein' Ewigkeit, daß wir uns nicht
g'sehen haben.

Hochstetten. Ich war in der letzten
Zeit so vielseitig beschäftigt.

Achte Scene.

Vorige. Franz. Resi.

Franz ⎱ (eilen Arm in Arm zur Mittel-
Resi ⎰ thür herein).

Franz (freudig). Da sein wir!

Resi (eilt auf Helmreich zu). Vater! —
Ich hab' kaum meinen Ohren 'traut! —
Er selber schickt den Franz zu mir —
nach dem Spectakel.

Helmreich. Red' nichts davon! —
Ich war nur zornig, daß Ihr den
Techtlmechtl so hinter mein' Rucken an-
g'fangen habt — bin ich denn ein Tyrann?

Franz. Herr Helmreich! Ich dürft'
also wirklich hoffen? —

Helmreich. Hoff' Er! — Aber jetzt
seid Ihr alle Zwei noch fast Kinder; Er
muß erst auf die Wanderschaft, — wenn
er in ein paar Jahren zurückkommt und
sein Meisterstück gemacht hat, dann —
kann Er anfragen. — (Für sich, heimlich
die Faust ballend.) Aber auf die Antwort
soll er sich freuen!

Resi. Was denn erst fragen? — Der
Franz weiß ja eh', daß ich sein bin für
alle Ewigkeit! (Sinkt an seine Brust.)

Helmreich (seinen Unmuth mühsam
bemeisternd, laut). Moderirt's Euch — Ihr
seid noch nicht förmlich verlobt! — Da
g'hörst Du (Resi am Arme fassend und sie
heftig an sich ziehend) noch an die Seite
Deines zärtlichen Vaters. (Leise drohend
zu ihr.) Du bleibst, oder meiner Seel'!
— (Laut, wieder milder zu Franz.) Und Er
hat sich auch noch in bescheidener Entfernung zu halten.

Gruber. Ich denk', es könnt' nicht
schaden, wenn wir indeß, bis angericht'
wird, uns mit ein' Glas Wein auf-
frischen thäten! (Indem er Wein einschenkt.)
Bin neugierig, was für Tropfen uns
meine Alte besorgt hat! Kosten die
Herren einmal!

Krummschnabel. Darüber kann ich
ein Parere ausstellen — bin Kenner!
(Riecht zum Glase.) Hm! Odor famosis-
simus — bouquettiarius! (Kostet.)
Bomben und Mörser! Diesen Gustus!
Reines Lebenselixir! — (Trinkt nochmals.)
Hol' mich der Teufel! Der Wein, den
wir — ich und der Laudon — bei dem
großen Transportüberfall vor Domstädtl
dem Preußenkönig weggenommen haben
war, im Vergleich zu diesem edlen
Getränke, reines Scheidewasser!

Gruber. Vor Domstädtl? Ah — von
der Affaire hab' ich im Diarium gelesen.

Krummschnabel. Ah was Diarium!
Das kann ich Euch besser erzählen —
denn ich war dabei!

Gruber. Nun — so erzähl' Er doch!

Krummschnabel. Die Sach' war so:
Nachdem wir schon anno 1756 Teschen
überfallen, 57 die Redoute bei Hirsch-
feld genommen hatten, haben im vorigen Jahr die Preußen Olmütz so lang
belagert, bis ihnen schon der Proviant
und die Munition ausgegangen ist.
D'rum hat ihnen der König Fritz viertausend Transportwägen mit Brod,
Mehl, Wein, Pulver, Kugeln und andern
Lebensmitteln zuschicken wollen. Wir
kriegen aber Wind davon — der Laudon
beschließt die Wägen wegzunehmen —
na — ich war gleich dabei! — wir
waren im Ganzen 8000 Mann und
gegen tausend Pferd' — ich war dabei —
wir warten — richtig — jetzt kommt
der Transport — ein Zug, escortirt
von vierzehntausend Mann unter dem
General Ziethen, — wir bleiben ruhig,
bis der Zug in einen Hohlweg ein-
biegt, — jetzt d'rauf los! von allen
Seiten gegen die feindliche Infanterie
und Cavallerie — eing'haut haben wir

mörderisch! — zu'gangen ist's wie am jüngsten Tag! da fliegen Pulverwägen in die Luft — dort zerreißt's ganze Schwadronen — ich immer dabei! — Endlich zieht der Ziethen ab — läßt uns die Kanonen und Wägen — aber der ganze Hohlweg war auch mit Todten g'füllt — auch von unserer Seite find an tausend Mann gefallen — ich war dabei — aber der Streich war gelungen — der Feind hat die Belagerung aufgeben müssen. — Gruber. Und der Laudon ist neuerdings avancirt!

Krummschnabel. Ja, der Mann hat Glück! Vor zwei Jahren noch Major — jetzt Feldmarschall-Lieutenant — Großkreuz des Theresienordens — Baron! — Unsereins bringt's nicht vorwärts!

Gruber. D'rauf ist die Schlacht bei Hochkirch g'schlagen worden.

Krummschnabel. Was da geleistet worden ist, könnt Ihr nur von mir hören — denn ich war dabei!

Neunte Scene.

Vorige. Laudon.

Laudon (im Mantel, den Hut auf dem Kopfe, ist während der letzten Rede durch die Mitte eingetreten und langsam bis hinter Krummschnabel gegangen; nun zu diesem). Vielleicht war ich auch dabei!

Alle (sehen sich überrascht um).

Krummschnabel (erschreckt vom Sitze in die Höhe fahrend). Heiliger Aesculapius! der Herr Feldmarschall-Lieutenant Laudon! (Bleibt wie versteinert stehen.)

Alle (erheben sich rasch von ihren Sitzen; mit Staunen und Ehrfurcht). Laudon?!

Franz (Laudon begeistert anstarrend). Der große Held — er selbst —?!

Helmreich (für sich). Der Dienstbot hat mir die Wahrheit g'sagt!

Lenore. Mein Gott! trau' ich denn meinen Augen?!

(Zugleich.)

Hochstetten. Ja, ja, glaubt es nur! (Zu Gruber, auf Laudon weisend.) Er ist's, den ich Euch angemeldet habe.

Gruber (der bisher ebenfalls vor Ueberraschung stumm dagestanden, nun erst wieder Worte findend). Er ist's — er ist's wirklich — der Herr Hauptm — — was sag' ich? — Oberst — Pardon! Gene-ral — Feldmarschall-Lieutenant! (Zu Laudon.) Verzeihen Ew. Gnaden, aber Sie sein so g'schwind avancirt, daß alle Chargen in mein' Kopf durcheinander-wurln!

Laudon (vortretend und ihm die Hand entgegenhaltend). So mach' Er's kurz, und nenn' Er mich »Freund«.

Gruber. Freund? Das geht nicht! — Ich — so ein Wurm und Euer Gnaden — so ein großer Herr!

Laudon. Keine Umstände! — Seine Hand!

Gruber (Laudon's Hand mit seinen beiden Händen fassend). Alle zwei, Euer Gnaden! alle zwei — und mich selber ganz dazu! — die Freud'! die Ehr'! — 's ist z'viel! (Vor Freude weinend.) Jetzt schießt's mir in die Augen auch noch — 's ist zu dumm! (Kaum mehr fähig zu reden.) Ich — ich kann nicht weiter! — (Zu Lenoren.) Lorl! Ich bitt' Dich! red' Du für mich!

Lenore (ebenfalls ganz verwirrt). O mein Gott', wenn ich nur wüßt' was —?

Laudon. Nicht viel Worte! Ein herzlicher Handschlag zum Willkomm'! (Reicht ihr die Hand.) Nur näher!

Lenore. Ich — ein Handschlag? (Wischt sich zuerst beide Hände am Kleide ab und geht dann zögernd näher.) Wenn Euer G'streng erlauben! — (Faßt seine Hand und will sie küssen.)

Laudon (rasch seine Hand zurückziehend). Was fällt Ihr ein! Ich freue mich Sie so wohlauf zu sehen.

Lenore. O ich bitt'! — Euer G'streng sehen auch noch recht gut aus!

Gruber (zu Lenoren). Aber Alte! Du

laßt den Herrn Feldmarschall-Lieutenant noch allweil stehen! (Zu Laudon.)
Ich bitt' — nehmen's doch Platz
— legen's ab — thun's, als ob's z'Haus
wären! — Sie erlauben schon — (Ist ihm
beim Ablegen des Mantels behilflich, Laudon
zeigt sich in voller Parade-Uniform mit dem
Großkreuze und breiten Ordensbande.)

Gruber (auf's Neue erstaunt). Die
Uniform!

Lenore. Der Orden!

Laudon. Ich hatte eben Audienz
bei Ihrer Majestät, und komme so, um
meine Wirthe zu ehren.

Gruber (mit einigem Stolze zu Lenoren).
Seine Wirth' — das sein wir! — also
uns z'Lieb! — Aber jetzt schau, daß
ang'richt' wird!

Lenore. Ja — gleich! (Eilt zur Seitenthür rechts und gibt Winke in die Küche.)

Helmreich (leise zu Gruber). Aber stell'
Er uns doch vor!

Gruber. Ist wahr! (Zu Laudon, vorstellend.) Das ist der Herr Helmreich,
Hausherr — Capitalist —

Helmreich. Und Patriot vom rein-
sten Wasser — das kann ich mich rühmen!

Laudon. Rühm' Er sich erst, wenn
Er mehr gethan als das, was seine
Pflicht ist!

Gruber (Resi vorstellend). Das ist seine
Tochter —

Resi (macht einen tiefen Knix).

Laudon (nickt leicht mit dem Kopfe).

Helmreich (für sich). Galant ist er
just nicht gegen Frauenzimmer.

Gruber (auf Krummschnabel und Hochstetten weisend). Die zwei Herren sein Euer
Gnaden ohnehin bekannt.

Krummschnabel (militärisch salutirend).
Unterfeldscher Krummschnabel, derzeit auf
Urlaub, unterthänigst zu melden! (Bleibt
fortwährend in dieser Stellung.)

Gruber (auf Franz weisend). Und das
ist mein Sohn, der Franz, der damals
erst sieben Jahre alt war.

Laudon (Franz wohlgefällig betrachtend). Hat sich stattlich herausgewachsen
— (Zu Gruber.) Ich gratulire Ihm!

Resi (etwas vortretend). Ich bitt' mir
zu gratuliren, denn er ist mein Bräutigam.

Laudon (die beiden jungen Leute betrachtend). Gibt ein hübsches Paar — aber
zu jung — zu jung!

Resi (heiter). Das gibt sich, Herr
Feldmarschall-Lieutenant!

Lenore (wieder vorwärts kommend).
Darf ich jetzt bitten, Platz zu nehmen.

Gruber (auf den obersten Platz am
Tische weisend, zu Laudon). Euer Gnaden!
ich bitt' — da obenan —!

Laudon. Keine Rangordnung! (Setzt
sich an das untere Ende des Tisches.)

Gruber. Na ja, wo Euer Gnaden
auch sitzen — ist's überall ein Ehren-
platz!

Alle (setzen sich).

Laudon (zu Krummschnabel). So setz'
Er sich doch auch!

Krummschnabel. Herr Feldmarschall-
Lieutenant commandiren zum Einhauen!
(Mit der Pantomime des Essens.) D'rauf los'!
(Salutirt nochmals und setzt sich neben
Helmreich.)

Zehnte Scene.

Vorige. Zwei Mägde.

Die Mägde (bringen Tassen mit
Bouillon, credenzen dieselben und gehen dann
abwechselnd ab und zu, um die anderen
Gerichte aufzutragen).

Helmreich (leise zu Krummschnabel).
Wenn ich mich nur bei ihm recht beliebt
machen könnt' —! (Laut zu Laudon.)
Werden der Herr Feldmarschall-Lieu-
tenant Wien noch lang mit Hochdero
Anwesenheit beglücken?

Laudon. Ich bleibe nur noch zwei
Tage, dann heißt's wieder in's Lager
— wir dürfen dem Feinde keine allzu-
lange Ruhe gönnen.

Helmreich. Der Feind! — die
preußischen Windbeutel — die Erdäpfel-

freffer! — ha! mit denen werden wir schon fertig werden!

Laudon (finfter). Man befiegt die Feinde nicht, indem man fie fchmäht!

Helmreich. Verzeihen! — aber mein Patriotismus reißt mich hin — o, ich könnt' oft fchimpfen wie ein Rohrfpaß! — Der Preußenkönig — der Friß —?

Laudon. Ift ein großer Mann — ein ausgezeichneter Feldherr, mit dem mich meffen zu dürfen ich mir zur Ehre rechne.

Lenore. Aber z'wünfchen wär's doch, daß der Krieg bald zu End' wär'; drei Jahr' dauert er jetzt fchon! — Die Theurung! feit fie die Baucozettel eingführt haben, ift ja faft nichts mehr einzukaufen!

Gruber. Lamentir' nicht immer! — Was liegt an den paar Kreuzern, die wir mehr ausgeben, wo Taufende von unfern Landeskindern ihr Blut hergeben! (Zu Laudon.) Erlauben's, Herr Feldmarfchall-Lieutenant, daß ich mein Glas erheb' auf das Wohl unferer tapfern Armee!

Alle (ftoßen mit ihren Gläfern an). Hoch! hoch!

Helmreich (überlaut fchreiend). Hoch die Armee! Hoch Maria Therefia! Hoch Laudon! — Ja, ich fühl's in diefem Augenblick', es ift die Pflicht eines Patrioten, für die Armee Alles zu thun. Ich will — ich muß auch etwas für fie thun! — Herr Feldmarfchall-Lieutenant! Ich bin bereit, gleich taufend Gulden zu erlegen, wenn —

Laudon. Nun — wenn?

Helmreich. Wenn der Herr Feldmarfchall-Lieutenant es dahinbringen, daß für den nächften Feldzug mit mir ein Lieferungsvertrag abgefchloffen wird.

Laudon (ihn mißtrauifch anblickend). Und warum fehnt er fich denn nach fo einem Gefchäfte?

Helmreich. Na — man will fein Capital doch verwerthen — und dann fchaut oft noch was Anders dabei heraus! Der Bankier Fries ift für feine Lieferungen Baron — zuletzt gar Graf geworden —

Laudon. Alfo deshalb? (Abfertigend.) Wend' Er fich mit feinem Offerte an den Baron Grechtl. — der ift Proviant-Commiffär —

Helmreich. Aber ich denk' doch, wenn der Herr Feldmarfchall-Lieutenant für mich ein gutes Wort —

Laudon (auffahrend). Ich bin kein Mäkler, und befaffe mich mit Lieferanten höchftens, um ein Donnerwetter über fie loszulaffen, wenn fie, um fich felbft zu bereichern, fchlechtes Zeug liefern. (Sich bemeifternd, wieder freundlich zu Gruber.) Euch aber dank' ich für eure guten Wünfche im Namen meiner braven Soldaten; fie verdienen's wirklich, daß der Bürger ihrer liebevoll gedenke. Von Hunger und Durft gequält bewahrten fie ihren Muth; oft fchon gänzlich erfchöpft ftürmten fie auf Einen Zuruf wieder begeiftert vorwärts, und zu Tode getroffen hauchte fo Mancher noch mit dem Rufe: Hoch Maria Therefia! Hoch Oefterreich! feine Seele aus — das klang ganz anders, als wenn (mit einem Blicke auf Helmreich) gewiffe Leute nur beim üppigen Mahle und den Pokal in der Hand mit demfelben Rufe ihre Vaterlandsliebe beweifen wollen.

Krummfchnabel (leife zu Helmreich). Bei dem richtet Er nichts aus, — das hab' ich fchon weg! (Man hört außerhalb der Scene eine Militärbande fpielen.)

Alle (außer Laudon). Was ift denn das?

Laudon. Ah — ich errathe! Es beginnt heute auf allen Plätzen der Stadt die Werbung für die freiwilligen Grenadierbataillons, deren Errichtung nur die Kaiferin bewilligt hat.

Franz. Freiwillige Grenadiere?

Laudon. Meine Abficht ift's, junge

Leute zu meinem Armeecorps zu be=
kommen, welche nicht bloß weil sie
müssen, sondern aus innerster Hingebung
für unsere heilige Sache freiwillig
die Waffen ergreifen. Sie werden nur
für die Dauer des Feldzuges an-
geworben und können nach dem Frie-
densschlusse wieder zu ihrem früheren
Berufe zurückkehren.

Helmreich. Ich glaub' nicht, daß
sich da gar so Viele finden werden;
unsern jungen Leuten g'fallt das Leben
in Wien zu gut — sie fürchten sich
vor jeder neuen Werbung.

Franz (etwas hitzig zu Helmreich).
Verdächtig' Er die Wiener Jugend
nicht! — Wenn auch so Mancher nicht
gern Soldat wird, so ist nur die lange
Dienstzeit schuld, die ihn aus allen
seinen Verhältnissen reißt und ihm fast
die Rückkehr zum bürgerlichen Leben
unmöglich macht, — aber an Courage
fehlt's Keinem — Keinem! und wann's
gilt, das Vaterland vor feindlicher
Gewalt zu schützen, da ist Jeder bereit,
sein Handwerkzeug mit der Muskete
oder dem Säbel zu vertauschen. Ich
begreif' nicht, daß Er das nicht weiß,
was sich sogar die Türken g'merkt
haben!

Helmreich (beleidigt). Ja, wie red't
Er denn mit mir?

Resi. Der Franz hat Recht! und
wenn ich jetzt ein Mann wär', mich
duldet's keine Minuten länger im Haus!
(Jubelgeschrei von außen: »Hurrah!
Vivat!« — dazwischen wieder Musik und
Trommelwirbel.)

Laudon. Ha! es scheint draußen
schon lustig herzugehen!

Franz (zu Gruber). Erlaubt mir der
Herr Vater, daß ich ein wenig
hinausschau?

Resi. Wart', Franz, ich geh' mit!
(Steht rasch auf.)

Helmreich (sie wieder auf den Sitz
niederziehend, leise, drohend). Da bleibst! —

(Laut.) Der Franz soll nur allein
hinaus — er wird uns schon erzählen —

Franz. Wie viel' — und wer alles
von unserer Vorstadt sich anwerben
laßt! (Zu Laudon.) Nichts für ungut!
aber mich duldt's nicht länger in der
Stuben — ich muß hinaus! (Nimmt
seine Mütze von der Wand und eilt durch
die Mitte ab.)

Gruber. Heut' haben wir gar eine
Tafelmusik! Aber jetzt bitt' ich auch
dem Essen zuzusprechen.

Eine Magd (trägt eben wieder ein
neues Gericht auf).

Gruber (nimmt ihr die Schüssel ab,
die Speise besehend, für sich). Was wir
heut' Alles haben! (Leise zu Lenoren.)
Sag' mir nur, wie bist denn mit'n
Geld aus'kommen?

Lenore (für sich). Ja, wie? — Ich
fürcht' mich schon auf d' Rechnung!

Gruber (wartet Laudon mit der
Schüssel auf). Darf ich bitten, Ew.
Gnaden —

Laudon (wirft einen Blick auf die
Schüssel). Das ist ja — (zu Hochstetten)
Herr Secretär — Mir scheint, Ihr
habt einen Verräther gemacht!

Hochstetten. Ich? — wie komm'
ich in diesen Verdacht?

Laudon. Ihr müßt verrathen haben,
daß ich mich einfinden werde, denn
unbegreiflich wär's sonst, daß die guten
Leute mir eben alle meine Leibgerichte
vorsetzen —

Lenore. Nein! Ich hab' nichts
g'wußt, meiner Seel'! Ich hab' auch
heut nicht selber 'kocht, — 's ist eine
neue Köchin eing'standen —

Helmreich. Eine ausgezeichnete Person! Sie verdient's, daß sie der hoch-
ansehnlichen Gesellschaft förmlich vor-
gestellt wird.

Lenore. Wenn's verlangt wird —

Laudon. Ja — laßt sie kommen!
(Für sich, eine Börse aus dem Sacke
ziehend.) Ich muß doch —

Lenore (geht zur Seitenthür rechts). Sie, Frau Nachbarin! (Oeffnet die Thür, prallt aber überrascht zurück.) Was ist das?!

Eilfte Scene.

Vorige. Clara.

Clara (vornehm gekleidet und coiffirt, tritt aus der Seitenthür rechts).
Gruber. Die vornehme Dam'—!
Helmreich. Welche Verwand-lung?
Krummschnabel. Die Gala! (Zugleich.)
Laudon (wendet sich, und fährt, Clara erblickend, vom Sitze in die Höhe). Was seh' ich? Meine Frau?! (Eilt auf sie zu.) Clara! Du hier —?
Krummschnabel (nieder-gedonnert). Sie — die Frau Feldmarschall-Lieute-nantin —!
Helmreich (für sich). Seine Frau! Und ich — hab' ihr ein' Antrag g'macht! (Zugleich, indem Leide sich zur Seite drücken und ihre Gesichter verhüllen.)
Clara (zu Laudon, seine Hand fassend). Verzeihe, lieber Gideon! Du sagtest mir, daß Du hier speisen wolltest; — Du bist noch Reconvalescent, — da wollt' ich's verhüten, daß Du einen Diätfehler begehest, und drängte mich hier ein, um die Küche zu überwachen.
Laudon (gerührt ihr die Hand drückend). Mein gutes, immer fürsorgendes Weib!
Gruber. Aber „Weib!“ — Die gnädige Frau Liebste —!
Laudon. Sie ist mein Weib im besten und edelsten Sinne des Wortes, ja — ein echtes Soldatenweib, welches ihrem Manne nachgefolgt ist in das unwirthbare Gränzland, und dort seine treue Hauswirthin wurde. — Der Kriegslärm riß mich von ihrer Seite, weinend nahm sie Abschied von mir, aber mit keinem Worte versuchte sie's mich zurückzuhalten; sie blieb allein —

Clara. Aber die Berichte von Deinen Thaten haben meine Einsamkeit belebt und mich erhoben.
Laudon. Erst als sie erfuhr, daß ich krank darniederliege, scheute sie die weite Reise nicht, um an das Schmerzenslager des Gatten zu eilen. — Habe Dank, Du gutes, braves Weib! (Küßt sie.)
Lenore. Ich kann mich noch gar nicht fassen! — Die g'strenge, gnädige Frau — und ich hab' sie wie eine gewöhnliche Köchin — — (Zu Clara.) Euer freiherrlichen Gnaden. können's mir verzeih'n?
Clara. Ich muß Sie um Vergebung bitten, daß ich Sie getäuscht.
Lenore. Aber ich bitt', — das war mir ja die größte Ehr' — den heutigen Tag streich' ich im Kalender roth an.
Clara. Dann erlaube Sie mir, daß ich Ihr zur Erinnerung das ganze heute benützte Service zurücklasse — und hier — (ihr eine Rolle in die Hand drückend) noch ein kleines Küchenregal.
Lenore (die Rolle öffnend). Das Geld — Ducaten! — Mann, ich bitt' Dich! (Eilt zu Gruber.)
(Von außen ertönt wieder Hurrahgeschrei.)

Zwölfte Scene.

Vorige. Franz.

Franz (eilt aufgeregt durch die Mittelthür herein, auf seiner Mütze steckt ein Blumenstrauß). Vater! — Mutter! Resi!
Gruber. Was gibt's denn?
Lenore (erschreckt). Was seh' ich? Franz! — um Gottes willen! — Das Sträußl! — Du hast Dich —
Franz. Anwerben lassen! Ja, wie ich draußt auf'n Platz war und g'sehen hab', wie sich die Söhn' aus unsern ersten Bürgershäusern hingedrängt haben zum Werbtisch, um sich einschreiben zu lassen — da ist mir so warm um's Herz worden — 's Blut ist mir zum Kopf g'stiegen, und hin hab' ich müssen!

Gruber. Aber jetzt — als Bräutigam?

Franz. Eben deswegen! Heiraten soll ich ja doch erst in Jahren — dazwischen sollt' ich auf die Wanderschaft; — gut, ich wander' — aber in's Feld, und will dort mein Meisterstück ablegen, indem ich das Sprichwort: »Furchtsam wie ein Schneider« Lügen straf'. — Resi! hast Du was dagegen?

Resi. Ich bin stolz darauf, daß ich so ein' Liebhaber hab'; ich nehm' mir die Frau Feldmarschallin zum Beispiel und halt' Dich nicht auf!

Franz (zu Gruber und Lenoren). Und Ihr, liebe Eltern! seid Ihr bös?

Gruber. Ich könnt' eigentlich Einsprach' erheben, denn Du bist noch nicht majorenn, aber 's Land is in Noth — Jeder muß nach seinen Kräften was beisteuern — ich hab' nichts als mein' einzigen Sohn — mein Fleisch und Blut — mein Um und Auf — (Faßt Franzens Hand und führt ihn zu Laudon.) Herr Feldmarschall-Lieutenant, da ist meine Kriegssteuer!

Laudon. Ich nehm' sie in Empfang als die Gabe eines ächten Patrioten! (Man hört Tumult von außen.)

Dreizehnte Scene.

Vorige. Oberlieutenant Horst.

Horst (tritt rasch durch die Mitte ein). Herr Feldmarschall-Lieutenant!

Laudon (sich umsehend). Sie hier? — Nun, wie geht's mit der Werbung?

Horst. Ganz über alle Vermuthung! Lerchenfeld und Josefstadt allein haben über dreihundert Mann geliefert; ähnliche Berichte laufen aus den anderen Stadttheilen ein — in einer Stunde sind die zwei Bataillone complet.

Laudon. Bravo! bravo!

Horst. Aber nun haben die Soldaten und Recruten von dem da (auf Franz weisend) erfahren, daß der Herr Feldmarschall-Lieutenant sich hier im Hause befinden, und nun sind sie nicht zu halten, Alle wollen Sie sehen — sie stürmen das Haus —

Gruber. Gegen so ein' Sturm leisten wir kein' Widerstand! Auf — Thür und Thor! (Eilt gegen die Mittelthür und öffnet sie.)

Vierzehnte Scene.

Vorige. Grenadiere. Freiwillige. Georg. Volk beiderlei Geschlechtes (eilt zur Mittel= und den beiden Seitenthüren herein, Leute aus dem Volke werden anfangs am Fenster Kopf an Kopf gesehen, zuletzt wird das Fenster aufgerissen und sie springen in die Stube).

Grenadiere ⎫ (durcheinander rufend).
Freiwillige ⎬ Da ist er — er selber! seht nur — Laudon! (Drängen sich zu ihm.)

Laudon (gutmüthig). Nun ja — da habt Ihr mich! seid mir alle herzlich gegrüßt!

Einige (fassen seine Hände und küssen sie). Unser Vater Laudon! (Man hört von außen Trommelwirbel.)

Laudon. Kinder! hört! Die Trommel ruft Euch auf den Sammelplatz —

Franz (begeistert). Und dem Ruf folgen wir, komm' auch, was da kommen mag! — Kameraden, stimmt mit mir ein!

Lied mit Chor.

1.

Franz.

Die Trommel ruft, — mein Vaterhaus,
Leb' wohl! — Ich muß in's Feld hinaus!
Lieb' Mütterlein! o klage nicht,
Du süße Braut! verzage nicht!
Zu eurem Schutz', zu eurer Wehr'
Und zu des Vaterlandes Ehr'
Folg' ich der Trommel nun fortan —
Sie rufet laut: »Voran! Voran!«

Chor. Der Trommel folgen wir fortan —
Sie rufet laut: »Voran! Voran!«

2.

Und mitten aus dem Schlachtgebraus
Hör' ich noch ihren Ruf heraus:
»Weicht nicht, gleich festen Mauern steht,
Wenn Ihr den Tod auch lauern seht!«
Jetzt heißt's zum Sturm mit Hurrahschrei'n,
Die Trommel rasselt munter d'rein:
Tatrum — tatrum! tatrum — tatrum!
Da kehrt im Laufe Keiner um!
Chor. Tatrum — tatrum &c.

3.

Und mögen Jahre auch vergeh'n,
Daß wir dem Feind' ge'nübersteh'n,
Wir lassen nicht im Muthe nach,
Am End' siegt doch die gute Sach'!
Juhe! Das wird ein Freudentag,
Zieh'n wir mit lust'gem Trommelschlag
Als Sieger wieder heim zu Euch —
Mit frohem Ruf: »Hoch Oesterreich!«
Chor: Als Sieger zieh'n wir heim zu Euch &c.

Schlußgruppe.

Der Vorhang fällt.

Zweites Bild:
Im Lager.

Das Lager bei Kunzendorf. Den Vordergrund nimmt das Wachtzelt vor dem Zelte Laudon's ein, welches, nach rückwärts durch breite Vorhänge zu schließen, anfangs aber offen ist; rechts und links Zeltthüren, durch Vorhänge geschlossen. Rechts im Vordergrund steht ein Tisch mit einem Schreibzeuge, eine Bank und einige Feldstühle; außerhalb dieses Zeltes bis gegen den tiefsten Hintergrund zu zieht sich zu beiden Seiten eine Reihe von Zelten, deren erstes links, das Marketenderzelt, durch einen vor demselben aufgepflanzten Maibaum kennbar ist; auch vor diesem Zelte steht ein Tisch und eine Bank.

Erste Scene.

Franz Gruber (in der Uniform eines Grenadier-Corporals sitzt am Tische im Wachtzelte). Zwei Grenadiere (gehen außerhalb des Zeltes mit geschulterten Gewehren, Wache haltend, auf und nieder). Soldaten verschiedener Truppengattungen (sitzen theils vor dem Marketenderzelte und trinken, theils stehen sie an anderen Puncten des Lagers in Gruppen beisammen). Broni (vor dem Marketenderzelt, die Soldaten bedienend). Georg (Grenadier). Holos (Hußar). Wasil (russischer Soldat).

Georg (kommt von links aus dem Lager und in das Wachtzelt, bleibt vor Franz stehen und salutirt).

Franz (welcher am Tische steht und mit der Besichtigung seines Gewehres beschäftigt ist, sich umwendend). Was ist's?

Georg (in dienstlichem Tone). Melde gehorsamst, daß ein Courier aus Wien im Lager angekommen ist —

Franz (aufgeregt). Aus Wien?

Georg. An den Herrn Feldzeugmeister —

Franz. Der ist vor zwei Stunden auf Recognoscirung ausgeritten.

Georg. Weiß's! — Der Courier erwart' ihn am Ausgang des Lagers, aber er hat auch Briefe an Einzelne von der Mannschaft mitgebracht —

Franz. Auch an mich? — So gib her — schnell!

Georg. Hier! (übergibt ihm einen Brief) und der da (auf einen zweiten Brief zeigend) ist an mich!

Franz (erbricht den Brief, durchfliegt ihn, läßt aber enttäuscht bald darauf die Hand mit dem Briefe sinken). Nichts! — wieder nichts!

Georg (hat auch seinen Brief erbrochen, freudig). Juhe! da stecken Musikanten d'rinn'. (Nimmt Bancozettel heraus.) Mein Herr Vater soll leben! — Zwanzig Gulden! (Sich besinnend und wieder die militärische Haltung annehmend.) Pardon — Herr Corporal!

Franz. Ich bitt' Dich, nenn' mich

jetzt nicht so — wir steh'n nicht in Reib' und Glied — und da bist Du mein lieber Schulkamerad, der Kramer-Schorschl, der zugleich mit mir unter die Freiwilligen gegangen ist, und vor dem ich mein ganzes Herz ausschütten kann.

Georg. 's Herz ausschütten? — Was fällt Dir ein? 's steckt ja Dei' Resi d'rinn'! — Der Brief ist g'wiß wieder von ihr.

Franz. Nein — von meinen Eltern; sonst hat sie doch immer ein paar Zeilen beig'legt — aber jetzt, seit zwei Monaten gar kein Lebenszeichen! Ich weiß gar nicht mehr, was ich mir denken soll? — Sie hat mir doch Treu' g'schworen bis in die Ewigkeit!

Georg. Hm! Wie Du von Wien fort bist, wird ihr halt gleich 's erste Monat wie ein' Ewigkeit vor'kommen sein; jetzt sein wir aber schon zwei Jahr' im Feld — das sein also g'rad' dreiundzwanzig Monat über die Ewigkeit, das ist z'viel verlangt von einer weiblichen Treu'!

Franz. Mach' keine solchen Spaß', wenn Du mich nicht wahnsinnig machen willst! (Sinkt in einen Stuhl am Tische und stützt das Haupt in die aufgestemmte Hand.) O, ich möcht' am liebsten sterben!

Zweite Scene.

Vorige. Krummschnabel. Feldpater Woitic.

Woitic (in schwarzer Civilkleidung, ein Kreuz an einer goldenen Kette um den Hals, aber einen militärischen Dreispitz mit Goldquasten auf dem Kopfe und Sporen an den hohen Stiefeln, kommt mit Krummschnabel vom Lager rechts).

Georg (sie erblickend). Ah — da kommt der Krummschnabel mit dem croatischen Feldpater — just recht! (Ruft Krummschnabel zu:) He da! Feldscher! Da ist Einer, der sterben will!

Krummschnabel (eilt ins Zelt). Was, ohne mich? Das ist gegen das Reglement.

Woitic (tritt ebenfalls ein). Soldaten sterben — ohne Kugel feindliche? — Pfui Teufel!

Georg. Ich ließ' mir noch Leibschmerzen g'fallen, aber Liebesschmerzen —! (Zu Krummschnabel.) Dagegen wird Er wohl kein Mittel wissen.

Krummschnabel (wichtig). Die Wissenschaft hat für Alles ihre Remedia. (Zu Franz.) Der Liebesschmerz ist wie ein junger Hund, wenn man nicht will, daß er größer werden soll, muß man ihm Branntwein zu trinken geben.

Georg. Ein Syrmier Slibowitz wird's wohl auch thun — die Broni (gegen das Marketenderzelt weisend) hat ein' ausgezeichneten! (Eilt gegen das Marketenderzelt)

Franz (ihm nachrufend). Laß' das!

Woitic (zu Franz). Warum? — Kranke pflegen — Durstige tränken ist Werk barmherziges, christliches!

Franz. Aber hier im Wachtzelt, was an das vom Herrn Feldzeugmeister (gegen die Zeltthüre rechts weisend) anstoßt.

Krummschnabel. Ich darf die Mannschaft auch im Wachtzelt einnehmen lassen, was ich für gut befind'.

Georg | (einen Korb mit Flaschen und Broni | Gläsern tragend, kommen in das Wachtzelt).

Georg. Jetzt bin ich Artillerist — (auf Broni weisend) ich führ' eine ganze Batterie auf, und der da (auf Holos) ist mit'gangen als Bedeckung.

Woitic. Nutzt nix! Muß doch angegriffen werden! (Zu Broni.) Her da mit Proviant! (Nimmt ihr die Flaschen ab und stellt sie auf den Tisch.)

Georg (setzt sich zu Franz, leise zu ihm). Sei jetzt keine solche melancholische Wildente, sonst wirst ausg'lacht auch noch! Trink', dann wirst gleich lustiger werden.

Franz (leise). Hast Recht! Trinken

und — vergeſſen! (Ergreift ein Glas und trinkt.)

Woitic (hat auch ein Glas ergriffen und koſtet). Ah! heue! — Trinkt, da kommt guter Geiſt in Armee! (Erhebt das Glas.) Was wir lieben!

Broni. So ein' Trinkſpruch bringt Ihr aus, geiſtlicher Herr?

Woitic. Warum nicht? Lieb' ich gutes Glasl — lieb' ich brave Soldaten — trink ich mit ihnen —

Georg (mit Woitic anſtoßend). Vivat! Der Feldpater Woitic iſt ſelber ein halber Soldat!

Woitic. Ja! Wenn ich hör' ſo (die Trompete nachahmend) Trara! und Commandant ruft: »Einhauen!« da juckt mich in allen Fingern — greif' ich nach meinem krummen Sabel und muß vorwärts mit Regiment! Krummſchnabel. Das thu ich nie! »Was deines Amts nicht iſt, das laſſe ſein,« denk' ich, — und Ihr — als Prieſter —

Woitic. Warum nit? Verbreit' ich auch ſo Religion; — denn wenn ich hau einem Feind über Schädel, da lernt er gewiß Jeſum Chriſtum kennen! (Trinkt.)

Waſil (kömmt vom Lager her dem Zelte näher und richtet lüſterne Blicke auf die Trinkenden).

Georg (ihn bemerkend). Na, Ruſſ'! was ſchauſt denn gar ſo ſinnig her? Was willſt denn?

Waſil (zeigt durch eine Geberde, daß er nicht verſtehe).

Georg. Ja ſo! — Nix deutſch!

Woitic. Wart biſſel! mich wird gleich verſtehen! (Hält Waſil ſein Glas entgegen und winkt.)

Waſil (kommt raſch in das Zelt, langt nach dem Glaſe und leert es).

Georg. Ha, ha, ha! Wie gut er jetzt deutſch verſteht!

Holos. Ja — beim Eſſen und Trinken, da helfen uns die Ruſſen, aber in der Bataille — da müſſen wir den Ruſſen helfen.

Georg. In der Schlacht bei Kunersdorf war's ſchon ſo! — Herrgott! da wär's bald ſchief 'gangen! — Zweimal waren unſere Verbündeten, die Ruſſen, ſchon zurückgeworfen —

Franz (lebhaftes Intereſſe nehmend). Aber da ſein wir am Schlachtfeld erſchienen! Und die Schlacht war g'wonnen. Dafür iſt unſer Vater Laudon zum Feldzeugmeiſter avancirt —

Georg. Die Kaiſerin von Rußland hat ihm einen mit Brillanten beſetzten Ehrendegen g'ſchickt —

Franz. Und vorig's Jahr erſt die Schlacht bei Landshut —

Georg. Wo wir den preußiſchen General Fouquet gefangen haben —

Franz. Das war im Juni — ein' Monat ſpäter die Feſtung Glatz eingenommen —

Woitic. Das war große That! Da iſt jüdiſche Feldmarſchall Joſua, was ſteht in Bibel, nix geweſen gegen Laudon. Joſua hat erſt commandirt: »Sonn', ſteh' ſtill!« und Sonn' hat Halt gemacht, aber der Laudon hat um 6 Uhr Früh angefangen zu bombardiren — um 11 Uhr Mittag haben wir g'habt Feſtung, und Sonn' iſt blieben neutral!

Georg. Ja, langweilig iſt unſer Kriegführen nicht! Seit zwei Jahren erſt ſein wir (auf ſich und Franz weiſend) erſt bei der Armee, aber die zwei Jahr' ſein mehr als zwanzig im Frieden verlebte. — 's geht nichts über ſo ein Soldatenleben! (Zu Broni.) Sing'ſchenkt, getrunken und g'ſungen'! (Zu Franz.) Du haſt ja ſelbſt ſo ein Liedl zuſammeng'ſtoppelt — ſeg' los!

Franz (ſingt).

Ich hab eine Liebſte — 's gibt weit und breit
Kein Dirndel, was die erſetzt,
Sie tragt ein flatterndes Seidenkleid,
Und iſt das von Kugeln zerfetzt,

Dann ist sie erst völlig stolz darauf
Und will keinen anderen Schmuck,
Seh' sie ich voran im stürmischen Lauf,
So bleib' ich auch niemals zurück!

Die Uebrigen.
Wer ist denn das Schatzerl? so sag's nur an!

Franz.
Kein' And're als Oesterreichs Kaiserfahn'!

Alle.
Kein' And're, als Oesterreichs Kaiserfahn'!

Franz.
Sie eifert gar niemals, wenn manchmal auch
Mit anderen Dirnen ich scherz',
Sie weiß, bis zum letzten Lebenshauch
G'hört ihr doch allein mein Herz,
Und ruft mich der oberste Feldmarschall
In's letzte Winterquartier,
So blickt mein Aug' in der Todesqual
Noch liebevoll auf zu ihr!

Die Uebrigen.
Wer ist denn das Schatzerl? so sag's nur an!

Franz.
Kein' And're als Oesterreichs Kaiserfahn'!

Alle.
Kein' And're als Oesterreichs Kaiserfahn'!

(Sie stoßen unter Hurrahrufen mit den Gläsern an.)

Die Wachen vor dem Zelte (richten sich und präsentiren, links schauend, die Gewehre).

Franz (hinaussehend und aufspringend). Der Herr Feldzeugmeister!

Alle (stehen rasch auf).

Georg (zu Broni). Jetzt räum' Sie g'schwind auf!

Alle (stellen sich in eine Reihe vor den Tisch).

Broni (nimmt hinter ihnen die Flaschen und Gläser vom Tische).

Dritte Scene.

Vorige. Landon, begleitet von mehreren Generälen und Officieren, unter den letzteren Reinhold, Hochstetten (kommen von links).

Landon (noch außerhalb des Zeltes zu den Generälen und Officieren). Ich danke Ihnen, meine Herren, für Ihre Begleitung und bitte sich nun wieder auf Ihre Posten zu begeben.

Generäle |(salutiren und entfernen sich
Officiere |(nach verschiedenen Richtungen).

Landon (gibt den Wachen einen Wink, worauf diese die Gewehre schultern, dann zu Hochstetten). Sie schenken mir noch einige Augenblicke, lieber Hochstetten! (Tritt mit diesem und Reinhold in das Zelt.)

Hochstetten (in bürgerlicher Reisekleidung). Wie's scheint, ging's da lustig her, — man hörte schon von ferne den Gesang —

Landon (etwas leiser zu Hochstetten). Ich lasse gern die Leute des sicheren Augenblickes froh werden, weiß doch von ihnen keiner, ob er morgen noch lebt! (Laut zu den Soldaten.) Abtreten!

Alle Soldaten |
Broni | (entfernen sich).

Landon (zu Krummschnabel). Was hat Er hier zu thun?

Krummschnabel. Excellenz entschuldigen —

Landon. Im Feldlazareth ist sein Platz! — fort!

Krummschnabel (salutirt und wendet sich, im Abgehen für sich). Seit der letzten Zeit chicanirt er mich; mir scheint seine Frau muß ihm erzählt haben, daß ich — 's ist pure Eifersucht. (Ab in's Lager nach rechts.)

Landon (zu Woitic). Ihr, Herr Feldpater, seid auch immer unter der gemeinen Mannschaft, wenn's volle Gläser gibt —

Woitic. Halten zu Gnaden, Excellenz! Guter Hirt muß auch bleiben bei seinen Schafen, wenn's sein bei der Tränk'!

Landon. Ich hab' Euch beauftragt, meinen Croaten etwas Religion beizubringen — es sind noch halbwilde Bursche.

Woitic. Hab' ich ihnen schon beige-
bracht drei Sachen: daß ist Gott im
Himmel, Kaiserin auf Erden, Teufel in
Höll' — ist genug!

Laudon. Dieß ist euer ganzer
Unterricht?

Woitic. Komm' ich nicht viel weiter! — Da hab' ich neulich belehrt
zigeunerische Hußar, was noch war ganz
Heid; — hab' ich ihm ganzes Glaubens-
bekenntniß beigebracht, hat Alles glaubt,
bis wir kommen sein zu »Auferstehung
der Todten« — Da beutelt er den
Kopf — »Verfluchte Kerl!« sag' ich,
»warum willst nit glauben das?« —
»Na!« sagt er »wann ich Einen nieder-
schlag', kann ich nicht glauben, daß der
wieder steht auf!« Ha, ha, ha! — na,
ich glaub' auch nit!

Laudon (macht mit der Hand eine
verabschiedende Bewegung).

Woitic (ab).

Laudon (geht mit über den Rücken
gekreuzten Armen auf und nieder, sichtbar
verstimmt). Was Wunder, wenn rohe
Leute, der Wildniß entstammt, nichts
lernen wollen, ist doch das Gleiche der
Fall bei meinem eig'nen Herrn Neffen!
—(Wirft einen finstern Blick auf Reinhold.)

Reinhold. Aber, theurer Oheim!
haben Sie mich denn aus Rußland zu
sich kommen lassen, um einen Studenten
aus mir zu machen?

Laudon. Ich will Dich zu meinem
Sohne machen. (In trüber Rückerinnerung.) Zwei Knaben, die mein Weib
mir geboren, ruhen — früh dahinge-
welkt, — auf dem Friedhofe zu Bunic;
— es war ein schwerer Schlag, den
das Schicksal nach meinem Herzen
geführt —

Hochstetten. Dafür hat es Ihr
Haupt mit Siegeskränzen geschmückt.

Laudon. Auch Ruhm und Ehre sind
Güter, welche dem Besitzer erst volle
Freude gewähren durch den Gedanken,
sie an Würdige vererben zu können.

Beweise also durch Thaten, daß Du des
Namens Laudon würdig seiest.

Reinhold. Sehne ich mich denn
nicht nach Thaten? Bitte ich Sie denn
nicht immer, mich an die gefährlichsten
Puncte zu stellen?

Laudon. Ja, tapfer bist Du, und
ich liebe Dich um dieser Tugend willen,
doch sie theilst Du mit Tausenden im
Heere; aber der Krieg ist in unseren
Tagen nicht mehr ein bloßes Aneinan-
derprallen roher Kräfte, die Wissenschaft führt ihn und entscheidet seinen
Ausgang. Willst Du also nicht bloß ein
Krieger, sondern ein Heerführer werden,
so lerne!

Reinhold. Wenn's nur nicht so
langweilig wäre! Sie gaben mir die
Geschichte der griechischen und römischen
Feldherren, die vor mehr als tausend
Jahren lebten —

Laudon. Studiere die Vergangenheit, und du kannst Dir deine Zukunft
selber schaffen.

Reinhold. Nun ja, ich will's im
Frieden nachholen, jetzt läßt meine
Kampflust mir keine Ruhe. Wenn's nur
einmal wieder losginge!

Laudon. Auch mich drängt's einen
Schlag zu führen, doch wie die That
Raschheit, so fordert der Entwurf
Bedachtsamkeit. Nun hab' ich über-
legt und früher als Du ahnst, wird
vielleicht das Schwert gezückt.

Reinhold (feurig). O wär' es
heute noch! Geben Sie den Befehl zum
Angriff und auf den erstürmten Mauern
von Schweidnitz soll der Feldherr seinen
jüngsten Officier damit belohnen, daß er
ihn als seinen würdigen Sohn begrüßt.
(Gilt ab.)

Hochstetten (ihm nachsehend). Ein
glücklicher junger Mann!

Laudon. Sagen Sie: ein junger
Mann, schon darin liegt das Glück!—
Ja, der Junge ist mir bereits in's Herz
gewachsen und schwer fällt's mir oft,

gegen ihn den strengen Meister zu spielen. Aber Sie wollten den Depeschen, die Sie mir überbrachten, noch mündliche Mittheilungen beifügen — (Gibt einen Wink gegen rückwärts, die Vorhänge des Zeltes werden zusammengezogen.) Ich bin bereit — doch setzen Sie sich. (Deutet auf einen Feldstuhl und setzt sich dann ebenfalls.)

Hochstetten (nachdem er sich gesetzt). Se. Excellenz der Staatskanzler Graf Kaunitz hat eben mich mit dieser Sendung betraut —

Laudon. Weil eben Sie es waren, der ihn auf mich aufmerksam machte, als ich, noch als Major, um ein Commando betteln mußte —

Hochstetten. Meine Empfehlung hätte wohl nicht genügt, wenn nicht der scharfe Menschenkennerblick des Grafen Kaunitz in Ew. Excellenz sogleich den Mann erkannt hätte, der Oesterreichs Retter werden konnte —

Laudon. Setzt man dieß Vertrauen in mich, so lasse man mich allein gewähren. Die Vielköpfigkeit taugt nichts, das hab' ich damals schon erkannt. Durch die Uneinigkeit der Generäle im Hauptquartier, durch den Neid, den Einer gegen den Andern hegte, durch das Zögern der Obercommandanten, wenn ein Anderer zur raschen That drängte, wurden wir selbst oft zu Bundesgenossen des — Feindes! — Sechs Jahre dauert nun schon der unselige Krieg, welcher bereits vor zwei Jahren ein für uns ruhmvolles Ende gefunden hätte, wenn ich nicht unter dem Obercommando des Russen Soltikow gestanden wäre.

Hochstetten. Excellenz sprechen von Kunersdorf —

Laudon. Ja, da war's, wo der Preußenkönig die Schmach seiner Niederlage nicht überleben zu können glaubte, hätten wir, wie ich es wollte, ihn rasch verfolgt, er und sein Heer wäre vollends vernichtet gewesen, aber Soltikow verbot mir weiteres Vordringen — (mit Spott) natürlich, man mußte ja dem Feinde Zeit lassen, sich neu zu stärken.

Hochstetten (achselzuckend). Ja die russischen Befehlshaber —

Laudon (bitter). Wurden allerdings übertroffen von den österreichischen! Jene wollten nur für uns nichts wagen, diese trieben muthwillig einen Theil des eigenen Heeres in's Verderben, nur um mir einen Streich zu spielen! (Vom Sitze aufspringend und den Degen gegen die Erde stoßend.) O, wenn ich an Liegnitz denke — an die einzige Niederlage, die ich erlebt! —

Hochstetten (ebenfalls aufstehend, rasch) Nicht durch Ihre Schuld, Excellenz, nicht durch Ihre Schuld, davon ist die Welt überzeugt! — Unvorhergesehene Umstände —

Laudon (sich immer mehr verbitternd). O! es war Alles vorhergesehen, nur nicht von mir, denn nimmer konnt' ich ahnen, daß mein eigener Oberfeldherr mir diese Falle legen werde!

Hochstetten. Excellenz glauben noch immer —?

Laudon (heftiger). Was glauben! (Mit dem Finger auf dem Tische die Stellen bezeichnend.) Hier Liegnitz — hier das preußische Lager! Es war im Kriegsrathe festgesetzt, daß ich mit meinem Corps hier bei Pöschildern über die Katzbach gehen und den linken Flügel der Preußen angreifen sollte — zugleich sollte Lascy hier — bei Röchlitz und Feldmarschall Daun hier bei Kreitsch und Hohendorf den Fluß übersetzen, um des Königs Mitte und rechten Flügel anzugreifen. Ich vollzog den Befehl des Marschalls — doch kaum hatt' ich den Fluß passirt, als ich die ganze preußische Armee mir gegenüberstehen sah. Ich greife an, in der sicheren Erwartung, daß gleichzeitig mit mir Lascy und Daun herangerückt sein müssen — doch

keiner — keiner von beiden erschien —
man ließ mich, gegen unsere Verabre-
dung — gegen den entworfenen Plan
mit einem Corps von kaum fünfzehn-
tausend Mann im Kampfe mit Hundert-
tausenden — absichtlich allein!

Hochstetten. Halten Euer Excellenz
— ich beschwöre Sie — doch nicht für
bösen Vorsatz, was vielleicht nur Unentschlossenheit war.

Laudon. Ja — ja! »Unentschlossenheit« — dieß Wort steht auch in dem
Schreiben, mit welchem Graf Kaunitz
mich beschwichtigen wollte.

Hochstetten. Und meine Zusprache
soll das Schreiben ergänzen, Euer Excellenz für diese versöhnliche Ansicht gewinnen.

Laudon. Reichen Sie mir die Hand
— (Hält ihm seine Hand hin.)

Hochstetten (legt seine Hand in die
Laudon's).

Laudon. Sehen Sie mir in's Auge!
— So! — Und nun frag' ich Sie —
nicht als den Abgesandten des Staats-
kanzlers, sondern als den Freund
und Ehrenmann: Glauben Sie selbst an
jene — »Unentschlossenheit?«

Hochstetten (nach längerem Schweigen).
Mir ziemt kein Urtheil; indeß wenn
ich bedenke, daß bisher nur Sie den
meisten Ruhm im ganzen Krieg davon-
getragen, während an dem Grafen Daun
seit seinem Siege bei Kolin nichts zu
rühmen war als seine — Vorsicht, so
kann ich die Möglichkeit nicht ausschließen,
daß bei ihm ein wenig Neid — eine
menschliche Schwäche — —

Laudon (losbrechend). Um einen
Beneideten zu stürzen, fünfzehnhundert
brave österreichische Soldaten hilflos hin-
schlachten — viertausend zu Krüppeln
schießen zu lassen — dieß nennen Sie
eine menschliche Schwäche? — Wo
beginnt dann die Unmenschlichkeit?

Hochstetten. Erschweren mir Ew.
Excellenz meine Aufgabe nicht, indem
Sie sich auf's Neue selbst erbittern? —
Es gelang ja nicht Sie zu stürzen; im
Gegentheile. Sie zeigten auch im Rück-
zuge Ihre Meisterschaft als Feldherr;
dieß anerkannte selbst Graf Daun; —
— gewiß, Sie können ihn vollends zu
Ihrem Freunde machen, wenn — — —

Laudon (einfallend). Wenn ich noch
eine Schlacht verliere, — aber die Ge-
fälligkeit erweise ich ihm nicht!

Hochstetten. Ihre Majestät bewies
Ew. Excellenz ihr ungeschwächtes Vertrauen, indem sie Ihnen im jetzigen
Feldzuge ein selbstständiges Commando
übertrug; — die Bevölkerung der Re-
sidenz —

Laudon. Den lieben Wienern hab'
ich wohl durch meine Niederlage Stoff
zu neuen Witzen gegeben?

Hochstetten. Ja, es regnet Bonmots
auf — den Grafen Daun!

Laudon. Auf Daun?

Hochstetten. Es circulirt ein satyri-
sches Bildchen — ich habe einen Ab-
druck bei mir — (zieht ein Portefeuille und
aus demselben einen kleinen Kupferstich hervor) wenn ich mir erlauben darf —
(Hält ihm das Bild hin.)

Laudon. (einen Blick auf das Bild
werfend). Ja — das ist der Marschall —

Hochstetten. Auf seinem Degen stehen die Worte: »Du sollst nicht tödten«
— und sein Haupt bedeckt — eine
Schlafmütze!

Laudon. Das Bild hat die Censur
wohl streng verboten?

Hochstetten. Auf das Strengste!
eben deshalb ist es in aller Leute
Hände.

Laudon. Die öffentliche Meinung ist
auch ein Kriegsgericht!

Hochstetten. Durch welches die Geg-
ner Ew. Excellenz verurtheilt sind, —
um so leichter könnten Sie vergessen
und vergeben! Soll denn die Zwietracht
immer neue Nahrung erhalten?

Laudon (nach kurzer Pause). Nun

denn — um der Eintracht willen und um mich dem Herrn Staatskanzler gefällig zu zeigen, will ich glauben, oder wenigstens zu glauben scheinen, daß der Haltung des Feldmarschalls keine arge Absicht zu Grunde lag.

Hochstetten. Tausend Dank, Excellenz! daß Sie mir diesen Erfolg meiner Sendung möglich machen. Friede unter den Heerführern ist die Bürgschaft des Sieges, als dessen Prophet ich nun nach Wien zurückeile.

Laudon. Also — (reicht ihm die Hand) auf frohes Wiedersehen in Wien! (Begleitet ihn bis zum Ausgange des Zeltes.)

Hochstetten. Gott segne die Waffen Ew. Excellenz! (Ab durch die Mitte.)

Laudon (allein). Nun, wenn Gott meine Waffen segnet, so hoff' ich etwas mehr zu richten als Daun, dessen Degen nur der Papst gesegnet hat. — (Auf und niedergehend.) Ich habe mich auf's Neue überzeugt, daß der entworfene Plan der allein ausführbare ist. — Auf eine förmliche Belagerung der Festung Schweidnitz können wir uns nicht einlassen — ein rascher Ueberfall muß Schweidnitz in unsern Besitz bringen. Um den Augenblick — um den günstigen Augenblick handelt es sich nur.

Vierte Scene.
Voriger. Major Rüsten.

Rüsten (eilt, sichtbar verstört, durch die Mitte herein, zu Laudon). Excellenz!

Laudon. Was ist —! (Ihn scharf ins Auge fassend.) Ihre Mienen verrathen keine gute Botschaft —

Rüsten. — So ist's — ein großes Unglück —

Laudon (rasch). Ist das Lager in Gefahr?

Rüsten. Es betrifft nicht das Heer — Sie selbst

Laudon. Nur mich? — Dann rasch heraus! Keine Umwege Herr, Major!

Rüsten. Ew. Excellenz Neffe — Oberlieutenant Baron Laudon —

Laudon (besorgt). Mein Reinhold —? was ist ihm widerfahren?

Rüsten. Er gerieth in einen Wortwechsel mit dem Obersten Wallis —

Laudon (zürnend). Mit dem Commandanten seines Regimentes —?!

Rüsten. Und vergaß sich so weit, nach seinem Degen zu greifen —

Laudon (erschüttert). Nach dem Degen — gegen seinen Vorgesetzten —?!

Rüsten. Leider vor Zeugen! Der Herr Oberst sah sich genöthigt. ihm den Degen abzufordern und ihn dem Profoßen zu überliefern —

Laudon (sich mit der Hand auf den Tisch stützend, mit fast versagender Stimme). Der Oberst — hat — recht gethan!

Rüsten. Ich eilte hieher, um die weiteren Verfügungen Ew. Excellenz —

Laudon (hat sich vollkommen beherrscht, mit starker Stimme). Nicht ich — das Kriegsgericht hat zu verfügen!

Rüsten (erschreckt). Das Kriegsgericht —?!

Laudon. Wohin anders gehört Insubordination im Kriegslager?

Rüsten (bittend). Excellenz! Der Neffe —

Laudon (auffahrend). Herr Major! für diese Mahnung hätt' ich Lust, auch Ihnen den Degen abzufordern! — Der Feldzeugmeister Laudon hat kein Gehör für den Onkel Laudon! — Sagen Sie dieß dem Arrestanten! (Macht mit der Hand eine verabschiedende Bewegung.)

Rüsten (zögert zu gehen).

Laudon (heftig). Was zögern Sie noch?

Rüsten (salutirt — ab durch die Mitte).

Laudon (geht heftig erregt auf und nieder). Den harten Paragraphen des Kriegsgesetzes, der in diesem Falle — doch nein! nur die Nothwendigkeit ist hart — nicht das Gesetz; ich aber wäre hart zu nennen gegen das ganze Heer, wenn ich mich erweichen ließe, weil's meinen Neffen trifft! — D'rum fort mit diesem Gedanken — nur mein Angriffsplan darf mich beschäftigen. (Fährt sich mit der Hand über die Stirn, gleichsam sich gewaltsam von dem Gedanken losreißend, und geht, sich noch mit Anstrengung aufrecht haltend, zum Tische und sinkt auf den Feldstuhl.)

Fünfte Scene.
Vorige. Horst.

Horst (tritt eilig durch die Mitte ein). Excellenz! ein Vorfall, der mir wichtig scheint —

Laudon. Was wieder? — Sprechen Sie!

Horst. Es näherte sich dem Lager ein Bursche — fast noch ein Knabe, und verlangte zu Ew. Excellenz gebracht zu werden — er kömmt, wie er angibt, direct aus Schweidnitz —

Laudon (bei dem letzten Worte aufgeregt vom Sitze auffahrend). Aus Schweidnitz? — Wo ist er?

Horst. Ich ließ ihm die Augen verbinden und von einer Patrouille durch's Lager hieher bringen —

Laudon. Zu mir! — Ich will ihn hören!

Horst (geht gegen den Hintergrund zurück und winkt durch den zurückgeschlagenen Vorhang).

Sechste Scene.
Vorige. Resi. Franz. Drei Grenadiere.

Franz (an der Spitze der Patrouille und Resi in der Kleidung eines Bauernjungen, die Augen mit einer breiten, das halbe Gesicht bedeckenden Binde verbunden, in der Mitte der Patrouille, treten durch die Mitte ein).

Horst (commandirend). Halt!

Laudon (zu Horst). Nehmen Sie dem Jungen die Binde ab.

Horst (führt Resi aus der Umgebung der Patrouille näher gegen Laudon, so daß sie in eine Linie mit Franz zu stehen kömmt, tritt dann hinter sie und nimmt ihr die Binde ab).

Resi (Laudon erblickend). Ah! da ist der Excellenzherr!

Franz (plötzlich ganz außer sich). Die Stimm'?! (Sieht sie an und schreit auf.) Die Resi! (Läßt das Gewehr fallen und will auf sie zu.)

Resi (ihn ebenfalls erkennend, freudig). Franz! — Du auch da? (Will ihn umarmen.)

Laudon (ihnen zurufend). Halt! was soll das? (Zu Franz strenge.) Corporal Gruber! sein Gewehr —!

Franz. Verzeihung, Excellenz! aber (im zärtlichsten Tone) die Resi! — Ich bitt' Ew. Excellenz um Gottes willen schaun's Ew. Excellenz nur an die Resi!

Laudon (tritt näher zu Resi, sie schärfer in's Auge fassend, für sich). Wahrhaftig — seine Braut! sie hier — in dieser Verkleidung? — Doch — es wird sich ja erklären. (Laut, wieder strenge zu Franz.) Das Gewehr zur Hand!

Franz (sich kaum noch fassend). Zu Befehl! (Hebt das Gewehr auf.) Aber die Resi — da im Lager!

Laudon. Kein Wort weiter! — Die Patrouille hat außerhalb des Zeltes zu warten — das Mädchen bleibt!

Franz (fast verzweifelt, für sich). Jetzt fort müssen! — Mir ist, als ob meine Füß' mit Blei ein'gossen wären, aber — (sich zusammennehmend) es muß sein! (Laut, mit etwas schwacher Stimme commandirend.) Habt Acht! rechts geschwenkt! Marsch! (Wirft noch einen zärtlichen Blick auf Resi und marschirt dann rasch mit der Patrouille durch die Mitte ab.)

Laudon (zu Resi). Nun sprich!

Resi (einen ängstlichen Blick auf die Anwesenden werfend). Ich hab' glaubt, ich kann mit Ew. Excellenz allein —

Laudon (zu Horst). Ich bitte —

Horst (ab nach rechts).

Laudon (etwas barsch zu Resi). Nun also — wir sind allein — jetzt heraus mit der Sprache!

Resi. Ich bitt' — nur nicht so anrumpeln! — Ich mein's ja gut — will Alles erzählen.

Laudon. Wie kamst Du nach Schweidnitz?

Resi. Hören Excellenz nur! Mein Vater hat endlich doch ein Lieferungsgeschäft erhalten — eine Menge Wägen sein fortgeschickt worden, — die in die böhmischen Magazine hätten komm en sollen — mit denen bin ich.

Laudon. Du? — Ein Mädchen bei einem solchen Transporte —?

Resi (etwas unsicher). Ja — der Vater hat's halt so wollen — damit ich bei der Ablieferung seine Stell' vertret'. — Die Reis' hat fast eine Woche gedauert — zuerst sein wir immer nur bei Tag g'fohren, einmal aber hat der Schaffner, der den ganzen Transport g'führt hat, gemeint, wir müßten auch die Nacht zu Hilf' nehmen, um rechtzeitig einz'treffen — da — ich weiß nicht wie's 'kommen ist — kurz, wir müssen im Wald und bei der stockfinstern Nacht vom rechten Weg ab'kommen sein — genug — auf einmal werden wir angehalten — preußische Soldaten umringen die Wägen — die Fuhrleut' haben sich nicht zur Wehr' setzen können und so — sein wir in die preußische Festung gebracht worden — der Proviant ist uns abgenommen, die Fuhrleut' wie Kriegsgefangene behandelt worden, aber der Festungscommandant —

Laudon. General Zastrow — hast Du ihn gesehen?

Resi. Gleich am ersten Tag — er hat Mitleid mit mir g'habt -- hat zwar auch mich nicht fortlassen, aber doch nicht wie die anderen Gefangenen behandelt, sondern in's Haus von der Frau Bürgermeisterin — so quasi als Dienstboten gebracht. Dorthin ist er selber, und sein auch andere preußische Officiere oft hinkommen —

Laudon (rasch). Gelang es Dir dort Einiges zu erlauschen? Doch — sie werden wohl vor Dir auf der Hut gewesen sein!

Resi. O! ich war g'scheidt! — Vom ersten Augenblick an war's mein Vorsatz, eine Gelegenheit zu suchen, um mein' Vaterland nutzen zu können! — Deswegen hab' ich mich g'stellt, als ob ich selber lieber preußisch als österreichisch sein wollt', ja, ich hab' — (Stockt.)

Laudon. Nun weiter — weiter!

Resi (bittend). Wenn ich wüßt,' daß Excellenz dem Franz nichts sagen —

Laudon. Nein — nein! sprich nur, was hast Du — ?

Resi (etwas näher tretend, verschämt und heimlich). Ich hab' mir sogar die Liebsanträg' von einem preußischen Fähnrich g'fallen lassen — aber in allen Ehren — meiner Seel', in allen Ehren! O! ich hab' ihn schon in der nöthigen Entfernung zu halten g'wußt!

Laudon. Das gehört ja nicht zur Sache!

Resi. O, ich bitt'! das gehört sehr zur Sach'! — Der Fähnrich hat sogar beim Commandanten um die Bewilligung angesucht, mich zu heirathen —

Laudon. Und General Zastrow —?

Resi. Hat die Einwilligung an die Bedingung geknüpft, daß ich einen thatsächlichen Beweis meiner Anhänglichkeit an Preußen geb'.

Laudon. Worin sollte dieser Beweis bestehen?

Resi. Darin, daß ich, als Branntweinhändler verkleidet, mich in das Lager begeb'. Er hat gemeint, mit meiner österreichischen Aussprach' würd' das leicht möglich sein, weil mich die Soldaten für ihren Landsmann halten würden — so könnt' ich am besten herauskriegen, was hier vorbereitet wird, und ihm dann rapportiren. — Hell aufjubeln hätt' ich mögen, wie er mir den Auftrag 'geben hat! — Daher in's Lager, wo ich g'wußt hab, daß der Franz und Excellenz sein! — Ich hab' zug'sagt und bin da! — Der General Zastrow soll durch mich nichts erfahren, aber Excellenz sollen Alles wissen, was mir mein Fähnrich mitgetheilt hat!

Laudon. Und was weißt Du? — Kannst Du mir die Stärke der Besatzung angeben?

Resi. Nicht viel mehr als viertausend Mann — zweihundertvierzig Kanonen haben sie — aber die sein in traurigem Zustand — dazu nur dreiundachtzig Artilleristen — zwischen der Umfassung und der Stadt stehen nur vier Bataillons —

Laudon. Man scheint also keines Ueberfalles gewärtig?

Resi. Im Gegentheil. In Schweidnitz glauben sie, Excellenz werden das Lager ganz abbrechen lassen und weiter wegmarschiren —

Laudon. Weißt Du gewiß, daß diese Meinung herrscht?

Resi. Ein Beweis, wie sicher sich der General Zastrow glaubt, ist, daß er heut' Nacht ein' Ball geben will, wozu die Frau Bürgermeisterin und alle vornehmen Frauen der Stadt eingeladen sind.

Laudon (aufspringend). Einen Ball? — heute Nacht? — Es ist nicht denkbar! Du sprichst nicht die Wahrheit —

Resi (die Hand zum Schwure erhebend). Meiner Seel' und Gott! — B'halten mich Excellenz da, und wenn ich nur ein Wort g'logen hab', so lassen's mich niederschießen!

Laudon. Ich glaube Dir. — Doch — Dich hier zurückhalten? — Dieß würde die in Schweidnitz stutzig machen. Du mußt zurück, mußt sagen, daß Du selbst gesehen habest, wie hier die Zelte bereits abgebrochen werden — die Truppen sich zum Abzug vorbereiten. — Willst Du dieß?

Resi. Ja — ja — aber wie lang soll ich dann noch in Schweidnitz bleiben? Laudon. Bis — wir dort sind!

Resi (erschreckt). Bis — die Festung g'stürmt wird?! — und ich — (in höchster Angst) wenn die Preußen sehen, daß ich sie betrogen hab', so bringen's mich um!

Laudon. Du erbleichst und zitterst! Ich seh's ein — ich habe Dir zu viel zugemuthet — Dir — einem Weibe!

Resi (sich aufraffend). Und warum soll ein Weib nicht auch für sein Vaterland sein Leben auf's Spiel setzen? — Ich thu's, Excellenz! — so wahr mir Gott helfen soll — ich thu's!

Laudon (erstaunt). Du wolltest —?

Resi (mit vollem Muthe). Ja! — Vielleicht g'lingt's mir, wenn's losgeht, noch ein sicheres Versteck zu finden; wenn nicht — na — es sein in dem Krieg' schon so viel tausend Männer g'fallen — (doch etwas dem Weinen nahe) was liegt da am Leben von ein'einzigen Mädel?

Laudon. Wackeres — herrliches Mädchen! Wie kann ich deinen Heldenmuth belohnen?

Resi. Wenn's mir — eine Bitt' erfüllen.

Laudon. Welche — sprich!

Resi (in Thränen). Erlauben's mir, daß ich — nur ein paar Minuten lang — mit'n Franz reden darf — es ist ja vielleicht — zum letzten Mal!

Laudon. Du wirst ihm sagen, in welche Gefahr Du Dich begibst?

Resi. Nein — nein! darüber könnt' er ja wahnsinnig werden! — Ich werd' nicht auch ihm 's Herz schwer machen — o! es soll ein leichter — (mit von Thränen erstickter Stimme) ein recht lustiger Abschied werden!

Laudon. Nun denn! ich schick' ihn Dir! (Für sich.) Ich muß hinaus in's Lager — die Leute in die rechte Stimmung bringen — wir müssen ja heut' Nacht auf dem Balle des Herrn von Zastrow zum Tanze aufspielen! (Ab durch die Mitte.)

Refi (allein). Ein Abschied — vielleicht auf ewig! — Die heutige Nacht — (zusammenschauernd) wie wird mir auf einmal so kalt — und doch droht die Luft mich fast zu ersticken! — Dem Tod entgegen — (wieder weinend) da ich noch kaum dem Leben recht ins freundliche Aug' g'schaut hab —! (Aufhorchend.) Er kommt! — nur jetzt kein' Angst gezeigt! (Trocknet rasch die Thränen.)

Siebente Scene.

Refi. Franz.

Franz (ohne Gewehr, tritt durch die Mitte ein). Refi! Der Excellenzherr selber hat erlaubt —

Refi (eilt auf ihn zu und sinkt an seine Brust). Franz! — mein Franz! (Hält ihn lange schweigend umschlungen.)

Franz (ihren Arm sanft von seiner Schulter lösend). Was hast denn? - Du red'st nichts? — Und ich hab' doch so viel von Dir zu erfahren —

Refi (sich wieder ermannend und zur Heiterkeit zwingend). Ja — Du hast Recht, — ich muß Dir sagen, wie ich da herkomm' — Dir kann ich mehr sagen, als dem General Laudon. Ich bin — schon vor zwei Monaten — meinem Vater durch'gangen —

Franz. Was sagst? — warum?

Refi. Weil er mich hat zwingen wollen, ein' Andern z'heiraten. Bei Nacht bin ich fort — hab' selber nicht g'wußt, wohin? Ganz erschöpft bin ich auf der Straßen zusammeng'sunken — da sein die Transportwägen von mein' Vater 'kommen — der Schaffner hat mich erkannt und mitgenommen — bis nach Schweidnitz —

Franz. Dein Vater hat Proviant für den — Feind geliefert?!

Refi (ängstlich). Still! still! das darf hier Niemand wissen — er ist ja doch mein Vater! — Aber reden wir jetzt nicht davon — die Zeit ist uns nur kurz zugemessen — ich bin da — ich hab' Dich g'sehen — ich halt Dich in meinen Armen — o Franz — Franz! (Sinkt wieder an seine Brust und küßt ihn.)

Franz (sie innig an sich schließend). O Refi! — die Seligkeit!

Refi (ihr Haupt an seine Schulter lehnend). Gelt! wenn man mitten unter einem so langen Kuß sterben könnt' — da wär' der Tod süß!

Franz. Wie kannst du jetzt an den Tod denken — in dem Augenblick?

Refi (sich gewaltsam aufmunternd). Du hast Recht, der glückliche Augenblick muß g'nossen werden — (wieder bange, starr vor sich hinsehend) wer weiß, was der nächste —

Franz. Du zitterst ja —

Refi. Nur für Dich — gewiß — nur für Dich! — Ich denk' mir, wenn wieder eine Schlacht — ein Sturm —

Franz. Bah! Nur vor der ersten Schlacht — wie ich zum ersten Mal die Kanonen hab' brummen g'hört, da — ich g'steh's — da ist mir ein wenig bang 'worden; — aber glaub' mir, man g'wöhnt's; — wenn's jetzt losgeht, denk' ich: Ich zieh' hin für eine gerechte Sach' — mein G'wissen drückt keine Schuld — mein Leben steht in Gottes Hand!

Refi (fast feierlich). Mein Leben steht in Gottes Hand!

Franz. Das Vertrauen auf ihn läßt mein' Muth nicht sinken!

Refi (krampfhaft Franz' Hand drückend). Das Vertrauen auf ihn läßt mein' Muth nicht sinken!

Franz (sie befremdet ansehend). Ich weiß nicht, wie Du mir heut' vorkommst! so ernst — fast feierlich! — Was hat Dir denn der Feldzeugmeister g'sagt?

Refi (wieder gezwungen heiter). O nur Gutes! Er hat g'sagt, er muß mich jetzt wieder aus'n Lager fortbringen lassen — na ja — da kann ich nicht bleiben, das siehst ein, — aber er hat g'sagt (mit stockender Stimme) er wurd' schon sorgen, daß wir uns bald wiedersehen.

Franz. Bald wiederſehen?

Reſi (mit Innigkeit und Zuverſicht). Ja — ja, Franz! halt nur an dem Einen Glauben feſt: — es gibt — es gibt ein Wiederſehen! (Stürzt auf's Neue an ſeine Bruſt.)

Achte Scene.

Vorige. Laudon. Vier Adjutan-ten. Horſt. Rüſten. (kommen raſch durch die Mitte).

Laudon (mit faſt jugendlichem Feuer im Hereintreten). Die Cavallerie des linken Flügels zieht Schlag ſechs Uhr unter lau-tem Trompetenſchmettern gegen Reichen-bach — kehrt aber, ſobald die Nacht ein-gebrochen — ſo geräuſchlos als möglich — wieder hieher zurück — Ein Adjutant (ab).

Laudon. Die Reihe der Zelte, welche von den Thürmen von Schweidnitz aus geſehen werden kann, wird ſogleich ab-gebrochen — Zweiter Adjutant (ab).

Laudon (vorwärts kommend zu Reſi und Franz). Nun — ſeid Ihr mit dem Abſchiednehmen fertig?

Reſi (reißt ſich von Franz los, zu Laudon). Ich hab' ihm Lebewohl g'ſagt — (leiſe) und bitt' Excellenz, laſſen's mich jetzt fortbringen — ich kann mich nicht län-ger beherrſchen!

Laudon (leiſe zu ihr). Du wirſt deinen Schwur erfüllen?

Reſi (leiſe). Ich werd's!

Laudon (laut zu Horſt). Bringen Sie das Mädchen wieder bis zum Ausgange des Lagers, — wohin ſie dann zu ge-hen hat, weiß ſie.

Reſi (mit Muth). Ich weiß — und bin bereit! (Zu Laudon, leiſe.) Excellenz ſollen mit mir zufrieden ſein, — und — fall' ich zum Opfer — ſo vermach' ich Ihnen den Franz — vergelten's ihm, was's mir nicht vergelten können! (Tritt zu Franz, ihm mannhaft die Hand reichend.) Franz! Leb' wohl — und denk' (mit einem Blick nach oben) an's Wiederſehen! (Zu Horſt.) Herr Officier! Ich folg' Ihnen! (In aufrechter Haltung ab mit Horſt.)

Laudon (blickt ihr bewundernd nach, dann zu Franz). Ich gratulier' Ihm zu dieſer Braut — ſuch' Er ſie zu verdienen! — doch nun auf ſeinen Poſten!

Franz. Excellenz! Ich trau' mich nicht zu fragen, wohin die Reſi geht? Aber ſie kann nur den rechten Weg ein-ſchlagen, wenn's der Vater Laudon com-mandirt (Ab.)

Laudon (wieder mit ſeinem Plane be-ſchäftigt). Die Sturmleitern müſſen bis Abends zuſammengebracht ſein — (zu einem Adjutanten) Graf Kinsky hat da-für zu ſorgen — Dritter Adjutant (ab). **Laudon** (zum vierten Adjutanten). Eilen Sie zum Generalmajor Fürſt Liechten-ſtein — er ſoll —

Neunte Scene.

Vorige. Auditor Stein.

Stein (tritt, eine Schrift in der Hand, mit tiefem Ernſte durch die Mitte ein).

Laudon. Was bringen Sie, Herr Auditor?

Stein. Das Urtheil des Kriegsgerichtes.

Laudon (ſich jetzt erſt wieder entſin-nend, für ſich.) Das Urtheil über meinen Neffen! (Greift mit der Hand nach der Stirn.) Die Vorbereitungen für die heu-tige Nacht ließen mich faſt vergeſſen, was der Tag noch bringen ſollte! (Sich faſſend, laut zu Stein.) Geben Sie!

Stein (überreicht ihm die Schrift).

Laudon (wirft einen Blick in die Schrift, zuckt zuſammen — rafft ſich gewaltſam auf — doch mit gepreßter Stimme), Es bedarf meiner Unterſchrift — (Geht zum Tiſche und ergreift die Feder.)

Zehnte Scene.

Vorige. Oberſt Graf Wallis. Horſt. Einige Officiere. Woitic (treten eilig durch die Mitte ein).

Laudon (sich umsehend). Was führt die Herren zu mir?

Wallis. Wir kommen, um Gnade für den Verurtheilten zn erbitten.

Laudon (zu Wallis). Sie, Herr Oberst, üben Großmuth — (Zu den Officieren.) Sie erfüllen eine Cameradenpflicht, indem Sie bitten; ich meine Pflicht als Feldherr, indem ich diese Bitte – versage. Die Officiere (unter sich, bestürzt). Versage? — Kein Pardon?

Wallis (eindringlicher). Excellenz! — Das Urtheil lautet auf den — Tod!

Laudon. Das Kriegsgericht hat so erkannt.

Wallis. Das Kriegsgericht — doch in Ihrer Hand, Excellenz! liegt das schöne Recht, Gnade zu üben.

Die Officiere. Gnade! Gnade!

Laudon. Ich habe sie wiederholt geübt, doch gerade in diesem Falle kann und darf ich nicht!

Woitic (tritt nun vor, für sich). Ah! da muß ich reden! (Laut zu Laudon.) Erlauben, Excellenz', daß ich nur paar Wort' red' als Gewissensrath —

Laudon. Sprecht!

Woitic. Ich hab' versprochen meinen Croaten, daß ich erwirk' Pardon —

Laudon (macht mit Haupt und Hand eine verneinende Bewegung).

Woitic. Glauben meine Croaten, daß selbst Herrgott, wenn ich ihn bitt' um was — »ja« sagt — wann's aber sehen, daß schon Feldzeugmeister sagt auf meine Bitt' »nein« — da glauben's gar nichts mehr und ganze Respect vor Geistlichen ist bei Teufel!

Laudon (strenge). Herr Feldpater!

Woitic. Ah was! Ich bin ich da als Gewissensrath -- da gibt's nix Subordination und wann ich stund vor Kaiser! Was wahr ist, ist wahr — und das sag' ich! — Excellenz! Wann's reiten junge Vollblut-Remonte — das ist doch gewiß Untergebene — aber wann's Ihnen auch einmal abwirfst, werden's gleich niederschießen lassen? Nein! Sie werden strafen — aber leben lassen, und das ist doch nur Vieh — und jetzt wollen's Sohn von eigenem Bruder —

Laudon. Eben weil er dieß ist! —

Wallis. Verzeihen mir Excellenz die Kühnheit, wenn ich daran erinnere, daß uns, wie ich eben vernommen, heute Nacht ein gewagtes Unternehmen bevorsteht - nur freudige Lust im Heere kann den Erfolg sichern – der Oberlieutenant Laudon ist bei seinen Cameraden — beim ganzen Regimente beliebt — in welche Stimmung würde dieses versetzt, wenn jetzt eine Execution an ihm vollzogen würde? — Tönt aber von Ihren Lippen das eine Wort: »Pardon!«, so wird es das ganze Heer mit neuer Begeist:rung für den Feldherrn erfüllen, den es bisher immer schon seinen Vater nannte.

Woitic. Ja, Excellenz! steh' ich dafür, daß dann jeder von meine Croaten frißt zehn preußische Junker auf Kraut!

Wallis. Unsere Bitte gilt nicht einer Person — sie gilt der allgemeinen Sache, die heut' noch unser Heer vertreten soll; wir wiederholen sie zum dritten Male: (mit aufgehobenen Händen) Gnade!

Die Officiere. Gnade — Gnade!

Laudon (überwältigt). Nun denn — um der allgemeinen Sache willen —

Woitic. Vivat!

(Freudige Bewegung unter den Officieren.)

Laudon. Ganz erlassen kann ich ihm die Strafe nicht, denn dem beleidigten Gesetze muß eine Genugthuung werden, doch will ich das Urtheil mildern. (Zu Rüsten.) Lassen Sie den Arrestanten hierher bringen. (Setzt sich an den Tisch, nimmt das Urtheil vor und schreibt einige Zeilen darunter.)

Rüsten (ab durch die Mitte).

Woitic (zu den Officieren). So ist recht! Bißl Straf' schad't nix — wann nur nicht sterben muß! Lauf' ich jetzt zu

Croaten und sag' ich, was ich hab'
ausgerichtet; — ha! ha! sollen sehen, daß
Feldpater doch ist was nutz! (Ab durch
die Mitte.)

Laudon (steht auf und gibt Stein die
Schrift). Sie werden ihm das Urtheil
sammt dem Zusatze laut verkünden —
(Zu Wallis und den Officieren.) Sie, meine
Herren, sollen Zeugen sein!
(Man hört außerhalb des Zeltes das Schmet-
tern von Trompeten, welches sich in immer
weitere Entfernung verliert.)

Laudon. Die Cavallerie rückt ab,
die Truppen werden vor dem Haupt-
zelte Aufstellung nehmen, dann soll auch
dieses abgebrochen werden! (Der rück-
wärtige Vorhang wird etwas zurückgeschoben.)
Er kömmt! (Tritt zum Tische rechts und
stützt sich mit der Hand auf denselben.)

Eilfte Scene.
Vorige. Reinhold. Ein Profoß.
Rüsten.

Rüsten |(treten durch die
Reinhold ohne Degen|Mitte ein und
Ein Profoß |stellen sich links).

Laudon (zu Stein). Lesen Sie!

Stein(liest mit lauter Stimme).»Kriegsgericht im Lager bei Kunzendorf — am
30. September 1761. — Reinhold
Freiherr von Laudon, Oberlieutenant des
Regimentes Laudon, ist laut Zeugen-
aussage und eigenem Geständnisse des
Verbrechens der Insubordination schuldig und nach Paragraph 73 des Kriegsgesetzes zum Tode durch Pulver und
Blei verurtheilt —«

Laudon (wirft einen Blick auf Reinhold).

Reinhold (steht unbeweglich, trotzig
vor sich hinblickend).

Stein (fährt im Lesen fort). »Ueber
Fürbitte des Herrn Regiments-Com-
mandanten und der Herren Officiere ist
die Strafe in sechsmonatlichen Arrest
— die ersten drei Monate bei Wasser
und Brot, umgewandelt. — Gideon
Freiherr von Laudon, Feldzeugmeister.«

Reinhold (zuckt zusammen, tritt einen
Schritt vor, zu Laudon). Onkel!

Laudon (herrscht ihn an). Herr Oberlieutenant —!

Reinhold (sich besinnend). Excellenz!
Ich will diese Milderung der Strafe
nicht! — Ich habe den Tod verdient,
lassen Sie mich denselben, wenn Sie
Gnade üben wollen, auf den Wällen
von Schweidnitz finden!

Laudon (mit kalter Strenge). Erst
nach verbüßter Strafe sind Sie wieder
würdig gemeinsam mit meinen Truppen zu kämpfen! — (Zum Profoßen.)
Profoß! walt' Er seines Amtes! (Gibt
ihm einen Wink.)

Reinhold (zähneknirschend). Nun denn
— in's Gefängniß! — Aber der erste
Tag meiner Befreiung soll auch der
letzte meines Dienstes im österreichischen Heere sein! (Ab mit dem Profoßen
nach links.)

Laudon (ihm nachsehend). Sein Trotz
raubt mir die Hoffnung auf seine Bes-
serung — ich habe wieder einen Sohn
verloren!

Zwölfte Scene.
(Die Vorhänge des Zeltes werden ganz
zurückgezogen — die anderen Zelte sind
bereits abgebrochen. — Die Armee hat
ihre Aufstellung genommen, rechts Croaten,
bei ihnen Woitic mit umgeschnalltem
Krummsäbel — links die Grenadiere,
unter ihnen Franz; in der Mitte die Ge-
neralität; den Hintergrund nimmt die Rei-
terei (Hußaren) ein. — Den Horizont
begrenzen ferne Gebirge. Die untergehende
Sonne beleuchtet das ganze Bild. — Die
Vorigen.)

Laudon (wendet sich gegen die Truppen). Doch hier hab' ich tausend brave
Söhne! (Zu den Soldaten.) Euch gehört
mein Herz — mein Leben — mit Euch
will ich siegen oder fallen! — Kinder,
haltet Euch heute tapfer! »Vorwärts!«
ist eure Losung — Schmach dem, wel-

cher Angefichts der Gefahr zurückweicht!
— Eines aber habt vor Augen: Wir
führen Krieg nur gegen Krieger,
nicht gegen den friedsamen Bürger;
wenn Ihr also in die Stadt eingedrun-
gen seid, dann enthaltet Euch jeder Ge-
waltthat — jeder Plünderung, dafür
sollen hunderttausend Gulden aus der
Kriegscassa unter Euch vertheilt werden!

Franz (etwas hervortretend). Kein
Geld — die Ehr' ist unser Lohn!

Die Grenadiere. Kein Geld, die
Ehr' ist unser Lohn!

Laudon (zu den Croaten). Ihr, meine
wackeren Grenzer, habt zuerst auf das
Hornwerk einen Scheinangriff zu
machen —

Woitic. Schon gut! werden wir ein
paar Feind' niederschlagen nur — zum
Schein!

Laudon (zu den Generälen). Dann
geht's gleichzeitig gegen die anderen vier
Forts! — Die Sonne sinkt — wenn
sie wieder aufgeht, soll sie uns in
Schweidnitz treffen! (Zieht den Degen.)
An's Werk, Cameraden!

Woitic (wirft das goldene Kreuz von
seiner Brust nach rückwärts). Jetzt, Herrgott! schütz' mich von rückwärts (zieht
seinen Säbel und schwingt ihn), vorwärts
helf' ich mir schon selber! — Hurrah!
nach Schweidnitz!

Laudon. Für Gott und das Kaiserhaus!

Alle (die Waffen schwenkend). Für
Gott und das Kaiserhaus!

(Kriegerische Musik ertönt.)

Der Vorhang fällt.

Drittes Bild.

(Platz im Hornwerke von Schweidnitz —
im Hintergrunde eine Festungsmauer, auf
welcher eine Kanone, mit der Mündung nach
links gerichtet, steht; — eine von der Mitte
der Mauer gegen rechts aufsteigende Rampe
führt hinauf. Die Mauer bildet links einen
stumpfen Winkel, in dessen gegen den Vordergrund gehenden Schenkel sich eine Thorwölbung befindet, unter welcher man das
Aufzugsrad der Zugbrücke sammt einem
Theile der Kette sieht; links im Vordergrunde stehen einige an den Wall gebaute
Häuser; rechts ein thurmartiges Gebäude
mit einem Gitterthor und vergitterten niede-
ren Fenstern; mehr gegen den Hintergrund
zu einige Häuser. — Es ist Nacht, auf der
Bühne herrscht völlige Finsterniß, welche erst
später durch den durch Wolkenrisse schim-
mernden Mond etwas erhellt wird. — Die
Musik des Zwischenactes, welche den begon-
nenen und immer heftiger werdenden Kampf
charakterisirte, dauert nach dem Aufziehen
des Vorhanges noch einige Zeit fort, dazwischen hört man von allen Seiten her
den Donner der Geschütze, Kleingewehrfeuer
und das Läuten der Sturmglocken.)

Erste Scene.

Beneke. Marthe. Pluster. Ricke.
Hanne. Männer, Weiber und Kinder (verschiedenes Geräthe und Gepäcke
tragend). Preußische Soldaten (bunt
unter dieselben gemischt eilen durch die
Thorwölbung links auf die Bühne). Resi
(in weiblicher Kleidung, ein Tuch über Kopf
und Nacken geworfen, welches ihr Antlitz
beinahe ganz verhüllt, eilt zugleich heraus,
und dann, sich dicht an die Häuser links
haltend, bis in den Vordergrund, wo sie
hinter einem vorspringenden Pfeiler erschöpft
in die Knie sinkt). Später Major Doris,
Fähnrich Lannhorst, preußische
Soldaten.

Beneke. Rettung! Hilfe!

Pluster. Die Oesterreicher! (Alle
Von allen Seiten dringen sie zugleich.)
ein!

Marthe. In die Häuser — in
die Keller!

Ricke. Gott schütz' die Kinder!

Einige Männer (pochen an die
Thore der Häuser rechts). Auf! laßt'
uns ein!

Doris } (eilen ebenfalls durch die
Tannhorst } Thorwölbung herein).
Soldaten }

Doris (den blanken Degen in der Hand). Das Fort ist glücklich erreicht! (Zu den Bürgern.) Hört doch auf mit dem Geplärre — das bessert nichts! (Zu den Soldaten.) Soldaten! hieher zu mir!

Tannhorst } (sammeln sich um
Die Soldaten } Doris).

Doris. Die Zugbrücke wieder aufgezogen! Niemand wird mehr eingelassen!

Einige Soldaten (eilen der Thorwölbung zu und drehen das Rad, um dessen Welle sich die Kette rollt).

Resi (fast athemlos, für sich). Aus'n Haus vom Bürgermeister bin ich glücklich gekommen — bis daher! — Aber was wird weiter mit mir g'schehen? — Wenn sie mich erkennen! — (Man hört aus der Tiefe des Thurms rechts herauf laute verworrene Stimmen.)

Doris (hinblickend). Was gibt's hier?

Zweite Scene.

Vorige. Profoß Brennebock.

Brennebock (ein bejahrter Mann, eine Lagermütze auf dem Kopfe, den Säbel umgegürtet, in der einen Hand eine Blendlaterne, in der andern einen Schlüsselbund tragend, reißt das Gitterthor auf und eilt heraus). Gott sei Dank! 'raußen bin ich. — (Schließt das Gitterthor.) Die gottverdammten Kerle!

Doris (zu Brennebock). Was geht hier vor?

Brennebock (wendet sich und beleuchtet mit der Blendlaterne Doris). Ah, mein Herr Major! (Salutirt.) Da drunten (auf das Gitter weisend) in den Casematten sind österreichische Kriegsgefangene untergebracht — 's waren sonst ganz gemüthliche Leute — durften bei Tag frei in der Festung 'rumgehen — Abends macht' ich öfter mein Spielchen mit ihnen —

Doris. Nicht so weitläufig! — Zur Sache!

Brennebock. Ist eben die Sache! Ich war heut' auch bei ihnen — da, wie heroben der Rummel losgeht, werden die Jungens rein toll — wollen partout heraus — ha! aber Profoß Brennebock ist da! Ich schlug Einigen den Schlüsselbund (erhebt denselben) um die Schädel, und trat kämpfend den Rückzug an — na! — heraußen bin ich — das Schloß ist fest und von den Vöglein flattert keiner mehr aus!

Doris. Wenn sie sich noch rühren sollten, so laß Er durch die Gitterfenster auf die Hunde hinunterfeuern! — Aber nun — (auf die Bürgersleute weisend) den Platz hier geräumt! (Zu Brennebock.) Kann Er die Leute, die mit uns hieher geflüchtet sind, nirgends unterbringen?

Brennebock. Wohl — wohl, Herr Major! — Dort — (gegen rechts weisend) sind noch leere Casematten — bombenfest —

Doris. So führ' Er sie dorthin!

Brennebock. Zu Befehl! (Zu den Bürgersleuten.) Folgt mir! (Ab mit ihnen nach rechts.)

Doris (zu den Soldaten). Die Wälle müssen besetzt werden! (Zu Einigen.) Ihr bleibt hier — (Zu Anderen.) Ihr mit mir!

Tannhorst. Und ich. Herr Major?

Doris (mit einiger Geringschätzung). Sie werden am besten thun, wenn sie sich einen Posten suchen, wo Sie sicher von einer Kugel getroffen werden —

Tannhorst. Herr Major —!

Doris. Sonst kommen Sie vor's Kriegsgericht! Die Weibsperson, welche uns durch falsche Nachrichten aus dem feindlichen Lager täuschte, war ja Ihre — Braut!

Tannhorst. Das heißt: ich versprach ihr die Ehe, um ihre Sprödigkeit zu brechen — sie für unsere Sache zu gewinnen —

Doris (bitter). Nun haben wir ja den Gewinn! — Aber mir soll die Schlange unterkommen! Mit eigenen Händen knüpf' ich sie am nächsten Laternenpfahle auf!

Dritte Scene.
Brennebock. Vorige.

Brennebock (kömmt ohne Laterne, doch den Schlüsselbund noch in der Hand, von rechts zurück). Alles besorgt, Herr Major!

Doris. Nun an's Werk! Wenn irgendwo, so können wir uns hier im Hornwerke noch behaupten — es ist rings von Canälen und Wassergräben umgeben — die Zugbrücke aufgezogen —

Tannhorst (aufhorchend). Still — still! — Was hör' ich von dort her? — (Geht mehr gegen links und horcht.) — Axtschläge — das Geplätscher der Wellen!

Brennebock. Der Feind versucht am Ende eine Brücke über den Wassergraben zu schlagen — aber daran ist er leicht zu hindern — (Auf die Festungsmauer hinweisend.) Die Kanone bestreicht das jenseitige Ufer —

Doris (hinaufsehend). Eine Kanone — ohne Bedienungsmannschaft!

Brennebock. Die Artilleristen sind wohl dem Punkte zugeeilt, wo sie am nöthigsten waren.

Doris. Wußte denn Einer von uns, wo's am nöthigsten war? Fast gleichzeitig geschah der Angriff auf alle Forts — dazu die rabenschwarze Nacht — die Elemente selbst haben sich mit Laudon gegen uns verschworen! (Zu den Soldaten.) Ist denn Keiner unter Euch, der das schwere Geschütz zu tractiren verstünde?

Brennebock. Ich selbst, Herr Major! Habe ja früher bei der Artillerie gedient!

Doris (zu Brennebock). Was zögert Ihr also? Hinauf zur Kanone! (Zu einigen Soldaten.) Ihr mit ihm!

Brennebock. Wenn nur Munition genug droben ist, dann will ich ihnen das Brückenschlagen schon verleiden! (Lustig.) Hei! wieder in Activität! Den Schlüsselbund an den Gürtel gehängt (thut es) und die Lunte zur Hand! (Zu den Soldaten.) Kommt, Cameraden! (Eilt mit ihnen die Rampe hinan und zur Kanone.)

Doris. Wenn wir uns hier nur bis zum Tagesanbruche halten — vielleicht kömmt doch ein Entsatz! (Brennebock zurufend.) Was seht Ihr?

Brennebock (mit der Kanone beschäftigt). Kaum die Hand vor den Augen!

Doris. Man muß von Zeit zu Zeit Leuchtkugeln aufsteigen lassen, damit das Terrain überblickt werden kann. Doch kommt nun mit mir zur nächsten Schanze! (Ab mit Tannhorst und den Soldaten nach rechts.)

Brennebock (hat die Kanone gerichtet). So geht's wohl gegen das Ufer — ich schieß' d'rauf los! (Er feuert die Kanone ab.)

(Hurrahgeschrei von einiger Entfernung links, von wo aus auch das Feuer erwidert wird — einzelne Kugeln fliegen auf die Bühne.)

Brennebock. Ha! sie sind höflich und erwidern den Gruß! (Zu den Soldaten.) Jetzt Ihr vor, während ich auf's Neue lade!

Die Soldaten (treten vor die Kanone, feuern ihre Büchsen ab, laden auf's Neue u. s. w.).

Brennebock (hat mit Hilfe einiger Soldaten die Kanone etwas zurückgeschoben und beginnt das Rohr zu säubern).

Resi (ist bei den ersten Schüssen erschreckt in die Höhe gefahren). Gott! wie schrecklich es da zugeht! — und ich — so nah der Mauer — wenn ich nur über den Platz hinüber könnt'! (Will etwas weiter vor.)

(In diesem Augenblicke fällt von links eine
Kugel im Bogen auf die Mauer und platzt dort.)
Brennebock (fährt mit einem gräß-
lichen Aufschrei in die Höhe). Ach, meine
Brust! (Will sich an der Mauer halten,
stürzt aber über dieselbe herab — und wälzt sich
im Schmerze noch mehr gegen vorwärts.)
O — der Schmerz — (mit brechen-
der Stimme) mein Weib! — (Wieder den
Soldaten zurufend.) Haltet Euch — feuert
— o — mit mir ist's vorbei — es
ist — doch — ein Soldatentod! (Stirbt.)
Resi (ist, als Brennebock fiel, entsetzt
wieder hinter den Pfeiler zurückgetreten).
Allmächtiger! — der Mann — erschossen! — in der G'fahr ist auch der
Franz — ich selber! — o — gibt's
denn nirgends Schutz?
(Der Mond tritt etwas aus den Wolken
und beleuchtet matt den Todten.)
Resi (starr auf Brennebock blickend).
Gräßlicher Anblick —! — (Tritt etwas
vor.) Die blauen Lippen — das Blut —!
(Ihr Auge fällt auf den Schlüsselbund am
Gürtel des Todten.) Aber — was glänzt
dort? — (Sich entsinnend.) Es sein die
Schlüssel zu dem Thor (auf den Thurm
weisend) hinter dem — ich hab's ja gehört — die g'fangenen Oesterreicher —!
bei ihnen wär' ich wenigstens sicher —
g'schützt von festen Mauern —! Wenn
ich die Schlüssel — (Tritt weiter vor
gegen die Leiche — wieder zurückschaudernd).
Wie mich das gebrochene Aug' anstarrt!
— Einen Todten berauben! — (Sich
gewaltsam aufraffend.) Was! Es gilt das
eigene Leben zu retten! — Es muß
sein! (Eilt vollends hin, reißt den Schlüsselbund vom Gürtel Brennebock's.) Ich hab's
— jetzt — zu meinen Landsleuten!
(Eilt gegen das Gitterthor, welches sie zu
öffnen versucht.)

Vierte Scene.
Vorige. Tannhorst.

Tannhorst (den blanken Degen in der
Hand, kömmt von rechts). Unmöglich ist's,

die Leute zusammenzuhalten — hier-
hin — dorthin flüchten sie — so will
ich hier — (Will gegen die Schanze, bleibt
aber durch das Geräusch, welches Resi am
Schlosse verursacht, aufmerksam gemacht,
stehen.) Was klirrt dort? (Sieht hin.)
Eine weibliche Gestalt am Thor des
Thurms? — was hat sie vor? (Will
vorwärts, so daß er dicht hinter die ihm
den Rücken zukehrende Resi zu stehen kömmt,
sie kräftig an der Schulter fassend.) Halt!
was geschieht da?
Resi (wendet sich erschreckt um, das
Tuch sinkt von ihrem Haupte zurück).
Tannhorst (sie erkennend, weicht
einen Schritt zurück, der Degen ent-
sinkt seiner Hand; mächtig überrascht).
Therese —!
Resi (auf's Heftigste erschreckt, mehr
für sich). Er wieder da?! —
(Zugleich.)
Tannhorst. Hier treff' ich Dich, Un-
glückselige! Des Commandanten Befehl
lautet, Dich, wo man Dich trifft, ohne
weiteres Verhör zu tödten! Meine
Pflicht wär's — (Legt die Hand an die
in seinem Gürtel steckende Pistole.)
Resi (beide Arme sinken lassend). Na
— so thun Sie's!
Tannhorst (den Pistolenknauf los-
lassend). Ich vermag's nicht! — Was
Du auch verbrochen hast — ich sehe in
Dir nur das reizende Weib, das meine
Sinne umstrickt, meine Leidenschaft ent-
flammt hat —
Resi (für sich). Fassung! Nur jetzt
Fassung! (Laut mit dem Ausdrucke der
Hingebung.) Retten's mich — und ich
g'hör' Ihnen! (Eilt auf ihn zu und sinkt
an seine Brust.)
Tannhorst (sie inbrünstig umschlin-
gend). In meinen Armen — in meiner
Gewalt — endlich! für die Falschheit
Deiner Seele will ich Ersatz finden in
der Wahrheit Deiner Körperreize! Ich
weiß, mein Leben ist durch Dich ver-
wirkt, — noch einen letzten — seligen
Augenblick —

3

Resi (hat indeß die Pistole aus seinem Gürtel gezogen und stößt ihn nun heftig von sich, in wilder Aufregung). Ja — Dein letzter war's (hält ihm mit ausgestrecktem Arme die Pistole entgegen), wenn Du nur noch eine Bewegung machst — nur Einen Hilferuf ausstoß'st! — Tannhorst. Elende! (Will sich nach seinem Degen bücken.)

Resi (ihm zuherrschend). Nicht rühren, oder ich druck' los! (Zieht sich, die Pistole fortwährend auf ihn gerichtet, rasch bis zum Gitterthore, in dessen Schloß der Schlüssel stecken geblieben, dreht denselben um, reißt das Gitter auf und schreit hinab:) Herauf, Landsleut' — Ihr seid frei!

Stimmen (aus dem Thurme herauf). Frei! Hurrah! Hinauf! Hinauf!

Tannhorst (wüthend). Und wenn Du mich tödtest, so will ich — (Stürzt auf sie zu.)

Fünfte Scene.
Vorige. Die Kriegsgefangenen.

Die Kriegsgefangenen (theils in den zerrissenen Monturen verschiedener österreichischer Truppengattungen, theils in Zwilchkitteln, stürmen in demselben Momente unter Jubelgeschrei aus dem Thurme).

Resi (springt zurück, so daß der voreilende Tannhorst den Kriegsgefangenen gerade in die Arme läuft, zu diesen, auf Tannhorst weisend). Gebt dem da euer bisherig'3 Quartier!

Kriegsgefangene. Halloh! gleich ein' G'fangenen g'macht! (Fallen über Tannhorst her und fassen ihn an beiden Armen.)

Tannhorst (vergeblich ringend). Seid barmherzig und ermordet mich!

Kriegsgefangene. Nichts da! — Nur da hinunter! (Drängen ihn gegen das Gitterthor und in den Thurm.) Fest zug'sperrt! (Schließen das Gitter.)

Resi (nun erst frei aufathmend). Gerettet! — Gott! wie dank' ich Dir! (Zu den Kriegsgefangenen, hastig.) Aber Ihr

— hört jetzt auf mich! — Laßt dort die Zugbrücke nieder, damit eure Cameraden herein können!

Einige Kriegsgefangene (eilen zur Thorwölbung und drehen das Rad, man hört darauf die Zugbrücke schwer niedersinken).

Die anderen Kriegsgefangenen (zu Resi). Was thun wir? Wenn wir nur Waffen hätten!

Resi (gegen die Mauern weisend). Die da oben haben Waffen, — holt's Euch!

Kriegsgefangene. Halloh! d'rauf los! (Eilen die Rampe hinauf.)

Preußische Soldaten (von links nach rechts fliehend, oben auf der Mauer). Verrath! die Brücke aufgelassen — die Oesterreicher —! (Kommen mit den Kriegsgefangenen in's Handgemenge und werden theils entwaffnet, theils werfen sie selbst die Gewehre weg und fliehen.)

Kriegsgefangene (am Thore, hinausrufend). Daher! Hoch Oesterreich! (Lautes Hurrahgeschrei von links her.)

Sechste Scene.
Vorige. Croaten. Woitic. Seressaner.

Croaten und Seressaner (stürmen mit gefällten Bajonneten durch die Thorwölbung herein).

Woitic (mit geschwungenem Säbel unter ihnen). Hurrah! Wo ist Feind? (Gegen die Festungsmauer weisend.) Ah! da wird gerauft! hinauf! (Stürmt mit den Andern gegen die Rampe.)

(Nachdem der Kampf nur kurze Zeit gedauert hat, hört man hinter der Scene rechts die Vergatterung schlagen und Trompetensignale.)

Die Kämpfenden (halten plötzlich inne).

Woitic. Was ist das? — Vergatterung?!

Stimmen (von rechts). Halt! Zurück! Der Kampf ist eingestellt.

Woitic. Eingestellt? Schad'! — war ich g'rad in bester Arbeit! — Aber (nach rechts sehend) was kommt da?

Siebente Scene.

Vorige. Oberst Wallis. Doris. Rüsten. Oesterreichische Officiere. Ein Fahnenträger. Grenadiere. Tambours.

Wallis (den gezogenen Degen in der Hand) } von (kommen von rechts).

Doris (gesenkten Hauptes, den Degen in der Scheide, neben ihm)

Rüsten (in der Hand eine weiße Fahne schwingend)

Ein Fahnenträger (mit der österreichischen Kriegsfahne, umgeben von Grenadieren)

Oesterreichische Officiere

Die Croaten Kriegsgefangene Woitic } (kommen vom Walle herab und nehmen die Seite links und den Hintergrund ein).

Wallis (mit lauter Stimme). Laßt die Waffen ruhen! — Soeben wurde die Capitulation unterzeichnet — General Zastrow ergibt sich auf Gnade und Ungnade — Schweidnitz ist in unseren Händen!

Die österreichischen Soldaten (die Waffen schwenkend). Victoria! — Vivat Laudon!

Woitic. In drei Stunden Festung einnehmen — da kann man wirklich sagen: »Sollen uns nachmachen!«

Doris (finster vor sich hinblickend). Auf Gnade und Ungnade!

Wallis (zu Doris). Sie, Herr Major, haben sich tapfer gewehrt bis zum letzten Augenblicke — das Kriegsglück hat gegen Sie entschieden, doch im Namen aller meiner Kampfgenossen bezeige ich Ihnen meine Achtung! (Reicht ihm die Hand.) Doch nun sammeln Sie Ihre

Leute und ziehen Sie mit ihnen an den Hauptplatz —

Doris (mit tiefster Kränkung). Wo sie — die Waffen zu strecken haben! — O daß ich diesen Tag erleben mußte! (Zu den noch auf dem Walle stehenden preußischen Soldaten.) Folgt mir! (Ab nach rechts.)

Die preußischen Soldaten (ziehen gegen rechts ab).

Brennebock's Leiche (ist während dieses Vorganges von einigen preußischen Soldaten nach rechts abgetragen worden).

Wallis. Auf allen Wällen der Festung soll nun die österreichische Fahne wehen! (Zu dem Fahnenträger.) Pflanzt sie dort oben auf!

Der Fahnenträger (begleitet von den Grenadieren und Tambours, begibt sich auf den Wall und pflanzt die Fahne auf).

Wallis (zu den Soldaten). Habt Acht! — Gewehr bei Fuß! — Stellt Euch zum Gebet!

Die Tambours (schlagen ein).

Die Soldaten (stehen zum Gebete gerichtet).

Resi (welche beim Beginne des Kampfes sich wieder hinter den Pfeiler links gezogen hatte, sinkt nun in die Knie und faltet die Hände; für sich inbrünstig). Herr im Himmel! so andächtig hab' ich noch nie gebetet! — Jetzt erfüll' mir nur noch die einzige Bitt' und laß mich mein' Franz bald wieder finden!

Die Tambours (halten mit dem Trommeln ein).

Wallis (nachdem das Gebet geendet, seinen Degen einsteckend, heiter zu den Soldaten). Nun Kinder! stellt die Gewehre in Pyramiden!

(Es geschieht; zwei Grenadiere bleiben aber am Walle bei der Fahne mit den Gewehren.)

Wallis. Lagert Euch — zündet Wachfeuer an und ruht aus von der schweren Arbeit der Nacht! — Ich kann Euch das Zeugniß geben, daß nicht Einer — auch nicht Einer unter

3 *

Euch ist, der nicht seine volle Schuldigkeit gethan hätte! Doch der Feldherr wird bald selbst unter Euch erscheinen, um Euch seine Anerkennung — seinen Dank auszusprechen. — Besonders Ihr, meine wackeren Grenadiere — (Wendet sich gegen rechts.) Doch — da kommen noch welche von Euch!

Resi (außer sich vor Freude, gegen rechts blickend). Gott im Himmel! sehen meine Augen recht? — Franz! — mein Franz! (Eilt den Kommenden entgegen.)

Achte Scene.

Vorige. Franz. Georg. Mehrere Grenadiere.

Franz (mit verbundenem linken Arm, ohne Gewehr) Georg (mit ihren Grenadiere Gewehren) (kommen von rechts).

(Schon unmittelbar nach verrichtetem Gebete haben die Soldaten sich in Gruppen gelagert, Wachfeuer angezündet, die Feldflaschen kreisen lassen u. s. w.)

Franz. Die Stimm'! — (Erblickt Resi, in höchster Ueberraschung.) Resi! — Du — Du — da hier? wie erklär' ich — ?

Resi. Du sollst Alles — Alles erfahren! O, ich hab' in der heutigen Nacht schon auch was g'leist'! — Aber jetzt hab' ich Dich wieder — jetzt ist Alles — Alles gut! (Sinkt ungestüm an seine Brust.)

Franz (zuckt schmerzlich zusammen). Au! nicht so fest!

Resi (erschreckt ihn loslassend). Was hast denn? (Bemerkt jetzt erst den Verband.) Mein Gott! — Das Tuch — voll Blut — Dein Arm —?!

Franz. Na — na — erschrick nur nicht! 's ist nicht so arg! Wie wir auf die Kernschanz' los sein — viermal haben wir frischen Anlauf nehmen müssen, denn die verdammten Preußen haben uns Kartätschen entgegen'schickt, daß's nur so Kugeln g'regnet hat! —

Georg. Aber da ist unser Commandant (auf Wallis weisend). Der Oberst Graf Wallis, an die Spitz' getreten und hat uns zugerufen: »Kinder! denkt, daß unser Regiment den Namen Laudon führt — wir müssen siegen oder sterben! —«

Franz. Da haben wir Alle auf's Neue Kraft und Muth kriegt, vorwärts ist's gangen — und da — da hab' ich auf einmal g'spürt, daß da (auf seinen linken Arm weisend) was durchfahrt und gleich drauf 's helle Blut herunterrieselt! Hat mich aber nicht g'nirt; — g'schwind ein' Fetzen herumgebunden und wieder vor — und deswegen sein wir jetzt doch da — und jetzt gib mir ein Bussel — das ist 's beste Pflaster! (Küßt sie.)

Resi (besorgt). Nein — nein. Schauffir' Dich nicht! — Du bist blaß. Komm' daher. (Auf eines der Wachfeuer weisend.) Setz' Dich nieder — laß Dir einen ordentlichen Verband anlegen. (Führt ihn während dieser Rede zu einem Wachfeuer, läßt sich dort neben ihm nieder und beschäftigt sich mit dem Verbande.)

Georg. Laßt sich denn keiner von den verdammten Seiknechten, den Feldscherern sehen? (Sieht nach rechts.) Na endlich! (Winkt hinaus.) Daher!

Neunte Scene.

Vorige. Krummschnabel.

Krummschnabel (kommt, den Degen in der Hand, schweißtriefend vom Hintergrunde rechts). Ach! ich bin erschöpft wie ein altes Brunnenrohr — den weiten Weg! — von der äußersten Reserve bis daher —

Georg. Ja, Er hat sich also hübsch hinten aufgehalten?

Krummschnabel. Weil ich immer geglaubt hab', wir werden von rückwärts angefallen werden, da wollt' ich Einer der Ersten sein!

Georg. Plansch' Er jetzt nicht! dort — (auf Franz weisend) gibt's für Ihn zu thun!

Krummschnabel (hinsehend). Ah —
es gibt einen Verbundenen zu verwun-
den — (sich verbessernd) einen Verwundeten zu verbunden? (ärgerlich, sich auf's
Neue verbessernd) einen Verwundeten zu
verbinden? Nu — ist's einmal heraus!
Bin schon da! (Nach einem an seiner
Hüfte hängenden Ledersack greifend.) Habe
mein Barbierzeug bei mir —! o! heute
werden wir noch Viele von der Armee
sehr verbunden sein! (Geht mit Georg zu
dem Wachfeuer und beschäftigt sich dort mit
Franz.)

Ein Grenadier (oben auf dem Walle
gegen links blickend). Gewehr heraus! —
Der Herr Feldzeugmeister!

Wallis (welcher bisher mit den Officieren zwischen den einzelnen Wachfeuern
auf- und niedergegangen ist und sich mit
den Soldaten unterhalten hat, sieht durch
die Thorwölbung). In der That — er
selbst mit seinem Gefolge. Sie steigen
an der Zugbrücke von den Pferden —
(Zu den Soldaten.) Auf! auf! den Feldherrn zu begrüßen!

Alle Soldaten (springen von ihren
Lagern auf, ergreifen die Gewehre und
stellen sich in Reihe und Glied).

Wallis (zieht den Degen). Habt Acht!
schultert! richtet Euch — Präsentirt!
(Die Trommeln schlagen ein — die Mannschaft präsentirt das Gewehr.)

Zehnte Scene.

Vorige. Laudon. Generäle. Adjutanten. (Kommen durch die Thorwölbung.)

Laudon (schreitet rasch voran, zu den
Soldaten). Grüß Gott, meine Kinder!
grüß Gott!

Die Soldaten (werfen alle die Ge-
wehre weg, und eilen auf Laudon zu, in
höchster Freude). Laudon! Unser Vater
Laudon! (Sie fassen seine Hände, seine
Kleider, einige Croaten werfen sich ihm zu
Füßen und umklammern seine Knie.)

Laudon (herzlich). Laßt mich nur,
Kinder! Ihr reißt mich ja in Stücke!

Woitic. Macht nix. Excellenz! ist
Alles aus Freud', weil's sehen's den
Mann, der sie hat geführt zu Sieg und
Ruhm! — Hol' mich der — (Trocknet
sich die Augen.) Muß ich selber weinen
wie klanes Kind!

Wallis (zu Laudon). Ja, da gibt's
kein Commando mehr —!

Laudon. Es wäre auch traurig,
wenn die Armee zum Jubel erst com-
mandirt werden müßte! (Zu den Soldaten, sie sanft von sich abwehrend.) Doch
nun genug, meine Braven! Daß Ihr mich
liebt, habt Ihr mir bewiesen, sonst
wäret Ihr mir nicht so freudig gefolgt
— nehmt meinen Dank — Alle —
Alle! (Erblickt Resi.) Du hier — mein
Heldenmädchen! — Wie soll ich Dir
lohnen —?

Resi (meist auf Franz). Verzeihen
Excellenz — aber — —

Laudon (auf Franz sehend). Ver-
wundet?! — ihm soll die beste Pflege
werden und Du (zu Resi) fordere —
jeder Wunsch sei Dir gewährt —

Resi. Ich hab' kein' andern, als
den, mein' Franz wieder g'sund zu
seh'n! (Eilt zu Franz.)

Laudon (zu den Soldaten). Aber Ihr
laßt Euch nicht stören — genießt die
Siegesfreude — thut als ob ich nicht
da wäre!

Woitic. Nein! thun wir erst recht,
als ob Excellenz da wären, denn keine
Freud' gibt's für Soldaten, als wenn
unter ihnen ist Vater Laudon! (Schwenkt
seinen Hut.) Juhe! Vivat!

Alle Soldaten. Vivat! Hoch! Hoch!

Die Croaten (ihre Mützen schwenkend). Zivio!

(Die Fenster der Häuser werden vorsichtig geöffnet, einzelne Köpfe zeigen sich an denselben,
dann werden schwarzgelbe Fähnchen ausgesteckt
und Lichter an die Fenster gestellt).

Laudon (es bemerkend). Es scheint,

man will uns festlich bewillkommen!
Ob's aber vom Herzen geht —?

Wallis (gegen rechts blickend). Dort
kömmt ein ganzer Wallfahrtszug!
Wohl der löbliche Magistrat —

Laudon. Mit den Herren will ich
sprechen — nur zu mir! (Tritt in die
Mitte der Bühne vor.)

Ellfte Scene.

Vorige — Sechs weißgekleidete und mit
Blumen geschmückte Mädchen, deren erstes
auf einem rothen Sammtkissen die Schlüssel
der Stadt trägt, ihnen folgt der Bürgermeister Schmeidig mit ungeheurer
Allongeperücke, schwarz gekleidet und eine
goldene Kette um den Hals; sechs ebenfalls
schwarzgekleidete Rathsherren hinter ihm.
Nach und nach werden auch andere Bürger
an den Häusern rechts sichtbar.

Schmeidig (bei Laudon's Anblick stehen
bleibend, furchtsam zu den ihm folgenden
Rathsherren). Das ist er! Mir zittert
das Herz im Leibe — ich wage mich
kaum vorwärts —

Laudon (milde). Nur näher, meine
Herren! Wen hab' ich zu begrüßen das
Vergnügen?

Schmeidig (für sich). Vergnügen
nennt er's — (seufzend) kann leider nicht
sagen »meinerseits« — (Geht, sich beinahe bis zur Erde bückend, durch die Rei-
hen der Mädchen). Eure erhabene Durchlaucht —!

Laudon. Excellenz genügt! —

Schmeidig (sich auf's Neue bückend).
Ganz zu Hochdero Befehl! Ich habe
die Ehre, der Bürgermeister dieser durch
Hochdero hohe Anwesenheit sehr (seufzend) sehr beglückten Stadt zu sein, und
habe es für meine heiligste Pflicht ge-
halten, Ew. Excellenz auf das festlichste
zu empfangen, so viel in der Eile möglich war — habe angeordnet, daß die
Stadt beleuchtet — wohlgefällige Fähnchen ausgesteckt werden —

Laudon. Woher nahmen Sie denn
im Augenblicke die Fahnen mit unsern
Farben?

Schmeidig. Ja, sehen Excellenz!
anno 1747 war Schweidnitz preußisch
— 1757 österreichisch — 1758 wieder
preußisch — da haben wir denn für
die verschiedenen Einnahmen schon die
schwarzweißen und die schwarzgelben
Fahnen vorräthig!

Laudon (fest). Jetzt aber ist Schweidnitz österreichisch!

Schmeidig (sich wieder verneigend).
Zu unserer höchsten Seligkeit —

Laudon (ihn scharf anblickend). Wirklich?

Schmeidig. Wenn's nur einmal
dabei bleibt —

Laudon. Dann ist's Ihnen wohl
gleichgiltig, wer Herr ist?

Schmeidig. Nun ja — zahlen müssen wir dem, wie dem, also — (zuckt
die Achseln) übrigens kömmt's wohl
drauf an, wie wir behandelt werden.

Laudon. Die wahrhaft mütterliche
Regierung Ihrer Majestät, meiner Kaiserin, wird für Ihr Wohl sorgen, und
ich meinerseits gebe Ihnen hiemit mein
Ehrenwort, daß dem ruhigen Bürger kein
Haar gekrümmt werden soll, sein Eigenthum bleibt unverletzt —

Schmeidig (entzückt). Eigenthum —
unverletzt? — Ne, wirklich! dieß Güte!
— also — keine Plünderung —?

Laudon (sich gegen die Soldaten wendend). Ich habe sie auf das Strengste
untersagt, und meine Leute wissen, wie
ich Mannszucht zu halten pflege!

Schmeidig. Ein großer Mann! —
ein ausgezeichneter Mann! — O, ge-
nehmigen Excellenz, daß ich demüthigst
die Schlüssel der Stadt überreichen
lasse —

Woitic (für sich). Wir sein schon
mitten in der Stadt und der bringt erst
Schlüssel! gar dumm!

Laudon (zu Schmeidig). Sie hätten
sich diese Formalität ersparen können

— die armen Kinder — (auf die Mädchen weisend).

Schmeidig. Wollen Excellenz gnädigst vorlieb nehmen — in der Eile! Es war noch ein Glück, daß eben beim Commandanten Ball war, sonst wäre es schwer möglich gewesen, sechs Jungfrauen — weißgekleidete nämlich, aufzutreiben.

Laudon (lächelnd). Ah ja — Sie hatten Ball —

Schmeidig (seufzend). Wir wollten uns eben zum Souper niedersetzen — da war's aus mit dem Essen!

Laudon. Nun, da wird wohl etwas in der Küche übrig geblieben sein — zum Frühstück für meine Soldaten —?

Schmeidig (hastig). Alles — Alles sollen die Herren haben — aber — in unsern Häusern ist nicht Raum genug —

Laudon. Meine Leute bivouakiren im Freien — bis die regelmäßige Einquartierung erfolgt —

Schmeidig. Sie bleiben also da? — Ausgezeichnet! Sie sollen bewirthet werden, als ob jeder Einzelne ein Bürgermeister wäre! (Zu einigen der Rathsherren.) Eilt nach Hause — Eure Frauen sollen herbringen, was sie in Küche und Keller haben — ja meine eigene Frau — (leise zu Laudon) sie hat doch nichts zu fürchten?

Laudon. Ich bleibe hier!

Schmeidig. O dann! — (Zu den Rathsherren.) Herkommen sollen sie! hört Ihr denn nicht? — Alle — alt und jung — sollen selbst die Wirthinnen machen! (Einen Gedanken fassend, für sich.) Welch' lumineuse Idee! (Zu einem der Rathsherren, leise.) Noch Eins! (Spricht mit ihm leise fort, dabei auf die weißen Mädchen deutend, dann zu den letzteren.) Geht nur mit Dem, er wird Euch sagen —

Rathsherr (mit den weißen Mädchen nach rechts ab).

Schmeidig (laut zu den Officieren). Ja, meine Herren! Sie sollen sehen, daß wir Schweidnitzer zu leben wissen!

Woitic. Wir werden auch so frei sein zu leben — (Zu den Croaten.) Leut'! das soll heut' lustiger Tag werden — essen — trinken — singen — (sich besinnend, zu Laudon) heißt, wenn Excellenz nix haben dagegen —

Laudon. Immer zu! — Eure Freude soll die meinige sein! Laßt die Spielleute kommen — dreht Euch im lustigen Tanze —

Schmeidig. Tanz? — Ja, wir Bürger liefern die Tänzerinnen! — Die Herren haben unsern Frauen und Töchtern ohnehin nicht Zeit gelassen, ihre Ballkleider abzulegen.

Laudon (zu den Soldaten). Mir richtet ein Plätzchen, von welchem aus ich euer fröhliches Treiben überblicken kann —

Schmeidig. Ein Plätzchen für Seine Excellenz! — (Zu den Bürgern.) Meinen Stuhl aus dem Rathhaussaale — einen Baldachin aus der Kirche darüber!

Laudon (zu Schmeidig). Laßt das! laßt! Im Feld gibt eine Trommel einen ganz guten Sitz, und der schönste Baldachin für mich ist (auf die Fahne auf dem Walle weisend) die kaiserliche Fahne! (Will gegen den Wall).

(Inzwischen ist der Tag angebrochen — die Soldaten löschen die Wachfeuer aus, — Einige von ihnen begeben sich auf den Wall und bereiten den Sitz für Laudon).

Schmeidig (hat nach rechts gesehen — nun rasch zu dem im Abgehen begriffenen Laudon). Excellenz! — ich bitte nur noch einen Augenblick! — Die Frauen kommen — auch die meinige —

Woitic (nach rechts sehend.) Da kommens Weibsleut — (nach links sehend) da Musikanten — kann losgehen!

Zwölfte Scene.

Eulalie. Bürgerfrauen und Mädchen. Mägde. Militärspielleute.

Eulalie (eine starkbeleibte ältliche Frau, aber jugendlich und überladen geputzt)

Bürgerfrauen und Bürgermädchen (sämmtlich in Balltoilette)

Mägde (Körbe mit Speisen und Weinflaschen tragend)

(kommen von rechts)

Croatische Spielleute (phantastisch, halb national, halb militärisch gekleidet, kommen mit ihren Instrumenten durch die Thorwölbung).

Schmeidig (geht Eulalien entgegen und faßt sie an der Hand).

Die Croaten (eilen auf die Mägde zu, bemächtigen sich rasch der Speisen und Getränke, fangen mit jenen zu kosen an u. s. w.)

Eulalie (verschämt thuend und zögernd). Gott! die Menge Soldaten! und wir — das zarte Geschlecht!

Woitic (zu Eulalien). Fürcht' Sie sich nit, Frau Bürgermeisterin! Ihr geschieht nix, und wann Sie wär' allein unter ganzem Regiment!

Schmeidig (Eulalien Laudon vorstellend). Meine theure Ehehälfte —

Woitic (für sich). Ist schon Ehe-Dreiviertel!

Eulalie (mit einem tiefen Knix). Excellenz! wir schüchternen Frauen wagen es nur unter Ihrem Schutze —

Laudon (zu den jüngeren Officieren). Nun, meine Herren! Seien sie die Ritter dieser Damen!

Die Officiere (treten zu den Frauen und Mädchen).

Schmeidig. Recht so! — Die Bürgerschaft ist von dem löblichen Militär zu einem Bunde geladen —

Woitic (für sich). Und Frau Bürgermeisterin ist Bundeslad'!

Die Musiker (beginnen zu spielen — rückwärts gruppiren sich Paare zum Tanze).

Schmeidig (zu Laudon). Wenn Ew. Excellenz vielleicht meiner Frau die besondere Ehre erweisen wollen, — mit ihr — Laudon (läßt). Danke — ich war nie ein Tänzer! (Zu den Generälen.) Wir Alten müssen den Jungen den Platz räumen — kommen Sie! (Geht mit ihnen auf den Wall und läßt sich dort nieder.)

Eulalie (zu Schmeidig). Ja, fordert mich denn Niemand zum Tanze auf?

Woitic (für sich). Muß schon ich Werk der Barmherzigkeit thun! Hat heilige König David getanzt vor Bundeslad', kann ich auch tanzen mit Bundeslad'! (Zu Eulalien laut.) Komm' Sie, machen wir paar Ehrensprüng'! (Faßt sie um die Mitte, der Tanz beginnt und endet mit einer passenden Gruppe.)

Die weißen Mädchen (nun noch mit Blumenguirlanden geschmückt und grüne Lorbeer- und Palmenzweige in Händen haltend, kommen von beiden Seiten des Walles hervor und halten die Kränze über Laudon's Haupt.)

Der Vorhang fällt.

Viertes Bild.

In Schönbrunn. Saal im kaiserlichen Lustschlosse mit einer Mittel- und zwei Seitenthüren; — rechts im Vordergrunde ein mit Schriften bedeckter Schreibtisch, ein Lehnstuhl an demselben, ähnliche Stühle rings an den Wänden.

Erste Scene.

Cabinetssecretär Baron Ignaz Koch. Helmreich.

Helmreich (tritt eben durch die Seitenthür links ein). Hab' ich doch endlich das Glück, Herr Cabinetssecretär —!

Koch (ist am Schreibtische gestanden, mit dem Ordnen der Schriften beschäftigt und blickt nun auf). Ihr, Herr Helmreich! und hier — in den Gemächern Ihrer Majestät der Kaiserin —?

Helmreich (erschreckt). Um Gottes willen! (Will fort.)

Koch. Nun — bleibt nur! Ihre Majestät haben eben in Ihrem Arbeits-cabinete die Frau Gräfin von Daun zu empfangen geruht; wenn Ihr mir also Wichtiges mitzutheilen habt —

Helmreich (etwas nähertretend). Das Allerwichtigste! — Meine Tochter ist gestern Abend zurückgekommen —

Koch. Es ist noch ein Glück, daß außer uns beiden Niemand weiß, daß sie sich damals heimlich aus eurem Hause entfernt hat.

Helmreich. Sonst wär's aus mit der projectirten Mariage —

Koch. Ihre Majestät wünscht, daß Baron Creuz, ein ohne sein Verschulden verarmter Edelmann, sich durch eine reiche Partie wieder rangire — da fiel mir ein, daß Ihr. Herr Helmreich, schon wiederholt, aber bisher immer vergeblich, um die Erhebung in den Adelstand angesucht habt —

Helmreich (sehnsuchtsvoll). Ach ja! — Das ist meine einzige Sehnsucht, davon träum' ich schlafend und wachend! Adelig! — und wenn's auch nur ein klein's bisserl »von« ist — welche Seligkeit! — Na, Sie werden das am besten wissen — denn Sie waren ja auch ein ganz gemeiner bürgerlicher Ker — Mensch, will ich sagen — sein erst vor ein paar Jahren baronisirt worden.

Koch. Es handelt sich nun um Euch — welche Mitgift wollt Ihr eurer Tochter geben?

Helmreich. Wenn ich einfach geadelt werd', eine halbe Million — aber ich leg' noch was zu, wenn ich am End' gar — in den Freiherrnstand — —

Koch. Es fände sich gerade heute eine Gelegenheit, eure Tochter Ihrer Majestät vorstellen zu können. Es ist der Vorabend des Allerhöchsten Namens-festes — hier in Schönbrunn findet ein Parkfest statt, — zu welchem auch die Bürgerschaft Zutritt hat — wenn nun eure Tochter sich Ihrer Majestät nähern, ihr einen Blumenstrauß überreichen würde — dann würde ich schon das Weitere veranlassen, daß Baron Creuz — —

Helmreich. Wenn aber meine Resi — Sie kennen den Trotzkopf nicht so, wie ich — sie ist im Stand, Ihrer Majestät in's Allerhöchststeigene Gesicht zu sagen: »Den mag ich nicht —!«

Koch (Helmreich's Arm kräftig fassend). Dieß zu verhindern ist eure Sache! Sie muß sich fügen — hört Ihr! — sie muß, wenn Ihr nicht mich zu eurem ewigen Feinde haben wollt.

Helmreich (erschreckt). Um Gottes willen nur das nicht! — Ja — sie muß — o, ich hab' schon noch einen Kappzaum in Bereitschaft, den ich ihr anlegen kann.

Koch. Nun wohl! (Sich etwas ängst-lich umsehend.) Doch nun entfernt Euch — auf Wiedersehen heute Abend — (ihm die Hand reichend und besonders betonend) Herr von Helmreich!

Helmreich. »Von — Herr von!« — Ah! mich macht das Wort ganz schwindlich — ich find' nicht aus dem Schloß — nicht bei der Thür hinaus —

Koch (ihn gegen die Thür links wendend). Dort — dort! nur rasch! — Ich höre kommen!

Helmreich (ab nach links).

Zweite Scene.
Koch. Laudon.

Laudon (in Gala-Uniform mit den Ordensabzeichen, jedoch in Schuhen und Strümpfen, tritt durch die Mitte ein).

Koch (ihn erblickend, für sich). Er — hier? — und gerade heute? — (Sich tief verneigend.) Excellenz! Ich bin freu-digst überrascht, Sie wieder einmal am allerhöchsten Hoflager begrüßen zu dürfen.

Laudon. Ich bin erst gestern ange-kommen — habe wohl bereits schriftli-chen Bericht über die letzten Affairen eingesandt, halte es aber für meine Pflicht, dieselben mündlich zu ergänzen. Kann ich des Glückes theilhaftig werden, mich Ihrer Majestät zu präsentiren?

Koch. Ihre Majestät sind zwar eben in Gesellschaft einiger hoher Damen —

Laudon. Ich denke, meine Mittheilungen dürften die Kaiserin mehr interessiren, als die Stadtneuigkeiten, welche diese »hohen Damen« ihr zuzutragen pflegen (Kurz.) Haben Sie die Güte mich zu melden.

Koch. (sehr devot). Augenblicklich, Excellenz! (Für sich.) Wenn der Mann auch in höchster Gala erscheint, die rauhe Bärentatze guckt doch immer hervor — 's ist Zeit, daß ihre Klauen etwas gestutzt werden! — (Ab nach rechts, nachdem er an der Thür sich nochmals tief vor Laudon verneigt hat.)

Laudon (allein). Wie mir diese kriechenden, immer zusammenknickenden Antichambre-Menschen zuwider sind! Ich möchte sie einmal unter meine Dressur kriegen, ich wollte ihnen schon das »G'rad aus« beibringen!

Dritte Scene.

Laudon. Erzherzog Josef.

Josef (noch im Jünglingsalter, in spanischem Hofkleide, tritt rasch aus der Seitenthür rechts). Ich hörte soeben — ah! da sind Sie ja — Laudon!

Laudon (sich verneigend). Kaiserliche Hoheit —!

Josef. Die »Hoheit« fühlt sich fast beklemmt, wenn sie einer Größe gegenübersteht. (Ihn schärfer in's Auge fassend.) Ich sollt' es eigentlich vermeiden, mit Ihnen zusammenzutreffen, denn Ihr Anblick weckt in mir eine böse Leidenschaft —

Laudon (befremdet). Eine böse Leidenschaft —?

Josef. Die des Neides! — Ja — ich beneide Sie um Ihren Ruhm, ich wäre beinahe versucht, Sie wie ein Räuber anzufallen, und Ihnen zuzurufen: »Theile mit mir!«

Laudon. Würden kaiserliche Hoheit einen Gärtner um einen schwachen Zweig beneiden, den er von einem Baume schnitt, damit derselbe noch kräftigere Aeste treibe?

Josef. Wie sollt' ich —?

Laudon. Nun, was Eure kaiserliche Hoheit meinen Ruhm zu nennen geruhen, ist das schwache Reis, das ich mir holte, damit der große Baum, der Ruhm des österreichischen Herrscherhauses, sich mächtig entfalte.

Josef. Und sollte es mir nur gestattet sein, die Früchte dieses Baumes zu genießen? — Warum erlaubt man mir nicht, ihn selbst zu pflegen? Der Bauer führt seinen Knaben hinaus auf das Feld, welches er ihm einst vererben will, lehrt ihn zeitlich, es richtig zu bestellen und läßt ihn theilnehmen an der Arbeit; — ich aber — ich bin bereits zwanzig Jahre alt, und noch hält man mich fern von allen wichtigen Geschäften und läßt mich vergehen im ungestillten Durst nach Thaten! — Ach, Laudon! Sie ahnen nicht, wie unglücklich ich oft mich fühle! — (Wirft sich in den Stuhl am Schreibtische und drückt die Hand an die Stirn.)

Laudon. Mir ziemt kein Urtheil über die Verfügungen, welche die Weisheit Ihrer Majestät

Josef (sich rasch wieder erhebend). Ja, ich verehre die Weisheit, ich bewundere die erhabenen Regententugenden meiner Mutter in so hohem Maße, daß ich fast zweifle sie jemals erreichen zu können, aber es gibt keine Menschenweisheit, die nicht von üblen Rathgebern irregeleitet — keine Herzensgüte, die nicht mißbraucht werden könnte!

Laudon (blickt ernst schweigend vor sich hin).

Josef. Sie schweigen — dazu bin auch ich verurtheilt! O — 's ist eine eigne Sache um das Schweigen! — Schweigen können zeugt von Willenskraft. Schweigen wollen von Großmuth, aber schweigen müssen zeugt vom Geiste der Zeit, und wir — wir leben noch in der Zeit des Schweigen-Müssens!

Laudon. Kaiserliche Hoheit beurtheilen die Verhältnisse vielleicht zu strenge.

Josef. Ich begründe mein Urtheil nur mit Einem Worte, und dieß heißt: Censur! Ich müßte verzweifeln an dem österreichischen Volke, wenn ich mich nicht dem Glauben hingeben dürfte, daß es unter demselben noch Männer gibt, welche Kenntniß und Muth besitzen, auf manche Uebelstände hinzuweisen und zu rathen, wie diesem abgeholfen werden könnte, aber darf dieß Einer auch mit dem redlichsten Willen? Sitzt nicht oben im Censur-Collegio der schwarze Mann mit der scharfen Schere, welcher jedem auftauchenden Genius die Flügel stutzt? — O, hätte ich zu gebieten, es sollte anders werden, mir schwebt der erste Vers der Schrift vor Augen: »Im Anfange war das Wort und das Wort ward Licht.«

Laudon. Wie Wenige gibt es aber, die das Licht vertragen können —!

Josef. Dann mögen sie, aufgescheucht, fortflattern — diese Nachteulen und Fledermäuse! O, ich weiß sehr wohl, sie nisten nicht bloß in alten Thürmen, sie machen sich, so lang' es hübsch dunkel ist, auch breit in den Rathsstuben und in den Schulhäusern; durch sie wird dem Volke statt des wahren Glaubens Aberglaube, statt des freien Mannessinnes die Heuchelei gelehrt, durch sie werden nicht pflichtgetreue Staatsbürger, sondern Knechte herangebildet, über solche zu herrschen würde mich anekeln! Ich fühle nur den Beruf in mir, dereinst der erste Sachwalter in einem Staate freier Männer zu sein!

Laudon. Ist aber auch das Volk schon reif für Freiheit?

Josef (fast heftig). Dann muß man ihm im Anfange die Freiheit dictiren!

Jeder, der schwimmen lernen soll, hat anfangs Scheu vor dem Wasser — was thut aber der Schwimmmeister? Er wirft seinen Zögling hinein in die Flut, dann lernt er es schon sich darin zu bewegen!

Laudon. Weil er weiß, daß der Meister ihn doch am festen Gurte hält.

Josef. Dieser Gurt ist das Gesetz — ohne Gesetz keine Freiheit — aber das Gesetz darf nicht von der Willkür gegeben, nicht von geistig beschränkten oder gar bestechlichen Richtern gehandhabt werden, und gleich bindend muß es sein für Alle; weder dem Geadelten noch den Gesalbten darf ein Hinterthürchen offen bleiben, durch welches er entschlüpfen kann; — nur so wird es im Volke Achtung finden, und die Gerechtigkeit wird nicht mehr der sie selbst schändenden Folterkammern bedürfen.

Laudon. Möge solchen Absichten nur auch das Vertrauen der Völker entgegenkommen!

Josef. Das Volk vertraut dem. welcher sich ihm gleichstellt. Ich will kein Vorrecht, und wenn in der allgemeinen Gefahr der Sohn des Bürgers sich dem Heere stellt, so darf der Kaisersohn nicht zurückbleiben. — Laudon! Sie müssen mir eine Bitte erfüllen. Suchen Sie meine Mutter zu bewegen, daß sie mir gestatte, den nächsten Feldzug an Ihrer Seite mitzumachen.

Laudon. Ich bedauere diesem Wunsche nicht entsprechen zu können —

Josef. Nicht? — nicht? — warum nicht?

Laudon. Ich glaube, Ew. Hoheit den besten Beweis meiner Verehrung zu geben, wenn ich mich rückhaltslos ausspreche: Auf dem Feldherrn lasten so viele Verantwortlichkeiten, daß er nicht auch die größte, die für das Leben des Thronerben, übernehmen kann, — Ihre Anwesenheit im Felde würde mich befangen machen, abhalten von manchem gewagten Unternehmen — kurz, ich wäre nicht mehr der Laudon, der ich bisher gewesen.

Josef. Also nur um Ihretwillen —

Laudon. Vor Allem um Ihretwillen, kaiserliche Hoheit! Meine Pflicht ist's, für die Sache Oesterreichs mein Leben in die Schanze zu schlagen, die Ihrige ist's, sich dem Lande zu erhalten. Sie haben mich gewürdigt, mich mit Ihren Absichten vertraut zu machen; dieselben zeugen von Ihrem edlen, warm empfindenden Herzen, — wie bedauernswerth, wenn ein solches Herz im rauhen Kriegsleben — verhärtet würde!

Josef. Sie halten mich also für zu weich? (Mit bitterem Lächeln.) Und meine Hofmeister beklagten sich, daß ich zu hart und störrig wäre! — Wer von Euch hat mein Wesen richtig ergründet? Sie nicht, und Jene nicht! Ich habe das Unglück, in einer Umgebung zu leben, die mich nicht versteht, und ich müßte fast irre an mir selbst werden, wenn mich nicht das Gottvertrauen erhöbe, daß eine Zeit kommen wird, kommen muß, in welcher ich die Welt zwingen werde, mich dennoch zu verstehen! (Ab nach links.)

Laudon (allein). Hab' ich ihn verletzt? Ei nun — ich habe die Wahrheit gesprochen, — durch sie kann kein wahrhaft edler Fürst beleidigt werden!

Vierte Scene.

Laudon. Koch.

Koch (kommt von rechts).

Laudon (zu ihm). Nun —?

Koch. Ich bedauere melden zu müssen, daß Ihre Majestät sich nicht bewogen finden, Ew. Excellenz zu empfangen.

Laudon (beinahe auffahrend). Wie? — Nicht vorgelassen?! — Ihre Majestät wird wohl eine spätere Stunde bestimmt haben?

Koch (achselzuckend). Ich habe nichts davon vernommen — doch (blickt gegen die sich öffnende Mittelthür — in tiefster Devotion) Se. Excellenz der Herr Hofkriegsrathspräsident, Feldmarschall Graf von Harrach!

Laudon (tritt etwas mehr gegen links und nimmt eine militärische Haltung an).

Fünfte Scene.

Vorige. Graf Harrach. Generäle.

Harrach (tritt durch die Mitte ein).

Generäle (folgen ihm).

Harrach (zu Koch). Wir sind hieher befohlen worden.

Koch. Ich werde sogleich die Ehre haben, Ihre Majestät von der Anwesenheit der Excellenzen in Kenntniß zu setzen — (Ab nach rechts.)

Harrach (als ob er jetzt erst Laudon's ansichtig würde, mit kaltem Stolze). Sie hier, Herr Feldzeugmeister —?

Laudon. Ew. Excellenz gehorsamst aufzuwarten — ich hoffte, Ihrer Majestät

Harrach. Sie werden gut thun, in Ihrer Wohnung zu warten, bis Sie von Weiterem verständigt werden — (Wendet sich ab und spricht leise mit den Generälen.)

Laudon (unangenehm überrascht, für sich). Was soll dieß —?!

Koch (kömmt wieder zurück, zu Harrach). Die Excellenzen belieben sich indeß in den Nebensaal (auf die Thür links weisend) zu bemühen — Ihre Majestät werden alsbald zu erscheinen geruhen —

Harrach. Ganz wohl. (Zu den Generälen.) Folgen Sie mir, meine Herren! (Geht mit kaltem Gruße an Laudon vorüber und nach links ab.)

Die Generäle (desgleichen).

Koch (ist nach seiner Meldung sogleich zur Seitenthüre links geeilt und hat beide Flügel derselben geöffnet; nachdem Harrach und die Generäle abgegangen, folgt auch er ihnen).

Laudon (den Abgegangenen nachsehend gleichsam betäubt). In welchem Tone sprach der Feldmarschall mit mir? — Und

die andern Generäle — meine Waffen-
brüder? — Keiner hatte ein Wort des
Willkomms für mich — mein Gruß
selbst schien sie in Verlegenheit zu setzen!
Ist dieß der Empfang nach einem
Siege — ?! Wie? wenn irgend eine
Verleumdung? — Der will ich selbst
entgegentreten — ich will hinein —
mitten unter sie und sie fragen: »Was
habt Ihr gegen mich?« Und wollen sie mir
nicht Rede stehen, dann — (Will mit
der Hand nach dem Degen greifen, besinnt
sich aber rasch.) Wohin trieb mich das
heiße Blut? — Der Feldmarschall hat
geboten, des Weiteren gewärtig zu sein —
gehorchen ist des Soldaten erste Pflicht,
und widerfährt mir auch ein Unrecht, so
wird das Bewußtsein, nie eine Pflicht
verletzt zu haben, es mich standhaft
ertragen lassen! (Ab durch die Mitte.)

Sechste Scene.
Gräfin Daun. Koch.

Gräfin Daun (tritt rückwärtsgehend
aus der Seitenthür rechts, macht an derselben
noch tiefe Verbeugungen, worauf sie die
Thüre schließt).

Koch (tritt in demselben Augenblicke aus
der Thüre links, für sich). Die Frau
Gräfin —

Gräfin Daun (erblickt, sich umwendend Koch, eilt rasch auf ihn zu, leise).
Ich habe gehörig vorgearbeitet — wie
steht es dort? (Mit einem Blicke auf die
Seitenthüre links.)

Koch (ebenso leise). Die Herren Hof-
kriegsräthe haben den Befehl bereits
zu Papier gebracht — Graf Harrach
ist entschlossen von seinem hohen Posten
zurückzutreten, wenn ihm nicht Genugthuung wird —

Gräfin Daun. Sie wird ihm werden und allen Generälen, welche der
Parvenue Laudon durch sein unverschäm-
tes Glück in Schatten stellte. Benützen
Sie den rechten Moment, das Schrift-
stück zur Unterzeichnung vorzulegen —

ist dieß geschehen, dann setzen Sie mich
sogleich in Kenntniß; ich sende einen
Eilboten mit der frohen Nachricht an
meinen Gemal. — Seien Sie unsers
Danks im voraus versichert. —

Koch (gegen die sich öffnende Seitenthüre rechts blickend). Ihre Majestät —!

Gräfin Daun. Ich entferne mich,
doch werd' ich noch im Parke verweilen
— dort hoff' ich Sie zu sehen! (Ab
durch die Mitte.)

Siebente Scene.
Maria Theresia. Fürst Wenzel
Liechtenstein. Koch.

M. Theresia (tritt aus der Seitenthüre rechts).

Liechtenstein (ein sehr bejahrter Mann
in Feldmarschallsuniform, folgt ihr).

M. Theresia (zu Liechtenstein). Ich
hab' auch Euch, lieber Fürst Liechtenstein,
ersuchen lassen, der heutigen Conferenz
beizuwohnen. — Ihr seid mir immer
ein treuer Rathgeber —

Liechtenstein. In dieser Sache,
Majestät! wird Ihr großmüthiges Herz
der beste Rathgeber sein.

M. Theresia. Wie schön wäre die
Welt, wenn man nur mit dem Herzen
regieren könnte, aber das kommt oft in
Streit mit dem Haupte, das die Krone
trägt.

Liechtenstein. Für Laudon sprechen
auch Verstandesgründe.

M. Theresia. Macht sie geltend
gegen seine Ankläger! Freudiger als diese
will ich den Vertheidiger hören, doch
auch ihn nicht allein! (Zu Koch.) Die
Herren meines Hofkriegsrathes!

Koch (tritt zur Seitenthür links und
öffnet dieselbe).

Achte Scene.
Vorige. Graf Harrach. Die Generäle.

Harrach und die Generäle (treten
von links ein, verneigen sich ehrerbietig vor

der Kaiserin und bleiben in einiger Entfernung von ihr stehen).

M. Theresia (steht am Schreibtische, auf welchen sie sich mit der rechten Hand stützt). Ihr habt mich wissen lassen, daß Feldzeugmeister Laudon sich verschiedener Uebergriffe schuldig gemacht habe, weshalb er vor ein Kriegsgericht zu stellen sei.

Harrach. Obgleich ich als Präsident des Hoftriegsrathes selbst die volle Befugniß hätte, so will ich, eben weil es einen sonst sehr befähigten und verdienstvollen General betrifft, diese Maßregel nicht ohne besondere Ermächtigung Eurer Majestät ergreifen.

M. Theresia. Das heißt: Ihr wißt, daß Laudon der Abgott des Heeres ist, und wollt dieses nicht gegen Euch erbittern, mir, so denkt Ihr wohl, wagt Niemand Vorwürfe zu machen, als — ich selbst. — Doch davor soll mich Gott bewahren! — Ueberzeugt mich also von der Nothwendigkeit solchen Verfahrens und erstattet mir einen klaren Vortrag.

Harrach. Vor Allem. Euer Majestät, muß ich mich gegen den Verdacht verwahren, daß irgend eine Gehässigkeit oder persönliches Interesse mich zu diesem Schritte bestimmt; es gilt lediglich die Würde der hohen Stelle, an deren Spitze ich zu stehen die Ehre habe, zu behaupten und ihre fernere Ersprießlichkeit zu ermöglichen. Der hohe Hoftriegsrath ist eine Behörde, welche die glorreichen Vorfahren Eurer Majestät schon vor Jahrhunderten geschaffen haben, fußend auf dem Grundsatz: »Die Alten zum Rath — die Jungen zur That.« Bewährte Feldherren und Rechtsgelehrte sind seine Mitglieder, und ihren nach reifer Erwägung gefaßten Beschlüssen hat sich jeder Feldherr, weß Ranges immer, zu fügen; es darf keine Schlacht geschlagen, keine Belagerung begonnen werden ohne ausdrückliche Zustimmung des Hof-

kriegsrathes; so lauten die Satzungen des Institutes, so die Instructionen sämmtlicher Generäle. Nun aber kam, vor wenig Wochen erst, plötzlich die Kunde nach Wien, daß Feldzeugmeister Baron Laudon die Festung Schweidnitz im Sturm genommen habe.

M. Theresia (in freudiger Rückerinnerung). Ja, das war endlich wieder eine frohe Botschaft nach so mancher traurigen. Wie jubelte die ganze Bevölkerung von Wien laut auf, als, nach altem Brauch, die zwanzig Postillone mit lustig schmetternden Hörnern durch das Thor unserer Burg hereinsprengten, und der ihnen folgende Courier, sich hoch in den Bügeln aufrichtend, die Depesche in seiner Rechten schwenkte mit dem Rufe: »Sieg — Sieg! Schweidnitz ist genommen!« Und als er nun in mein Gemach geeilt, mir den Bericht von Laudon's eigener Hand überreichte, da wär' ich dem Manne — es war der Oberstlieutenant de Vins — beinahe um den Hals gefallen, — zog auch den schönsten Brillantring von meinem Finger und schenkte ihm denselben zugleich mit seiner Ernennung zum Obersten — Gott, ich weiß nicht, was ich Alles gethan hätt' in der ersten freudigen Ueberraschung!

Harrach (scharf betonend). Ueberraschung — das ist's eben! Wußten Euer Majestät vorher von dem Unternehmen? — Nein. — War dem Hoftriegsrathe ein Plan vorgelegt, ja nur eine Meldung erstattet? — Nein! — Es hat dem Herrn Feldzeugmeister beliebt, auf eigne Faust dieß Croatenstückchen auszuführen.

M. Theresia. »Croatenstückchen« nennt Ihr's? nun, dann wünscht' ich, alle unsere Generale wären Croaten!

Harrach. Zu fürchten wär's, daß durch dieses, zufällig vom Glücke begünstigte Beispiel verleitet, auch andere Truppencommandanten, ohne sich erst um Befehle zu kümmern, frisch darauf

losschlügen, wo's ihnen eben vortheil=
haft erscheint; gelockert wäre dann jede
Disciplin, eine geregelte Kriegführung
unmöglich, das Heer würde sich auflö=
sen in wilde Freibeuterbanden — und
darum muß ein Exempel statuirt werden.
Die Generäle. Ja, das muß ge=
schehen!

M. Theresia (sie strenge anblickend).
Es muß geschehen — wenn (sich hoch
aufrichtend) Wir's befehlen, — doch Wir
wollen vorher die Ansicht Liechtenstein's
vernehmen. — (Zu diesem sanfter.)
Sprecht Ihr nun, lieber Fürst!

Liechtenstein (zu Harrach). „Die
Alten zum Rath“ beliebte Se. Excellenz
der Herr Hoftkriegsrathspräsident zu
sagen, nun, dann hab' ich wohl auch
ein Anrecht mitzurathen. Ich habe
meine ersten Sporen unter dem großen
Eugen verdient, und glaube diesem
meinem Meister in der Kriegskunst nie
Schande gemacht zu haben. Aber auch
er, Oesterreichs Ritter und Retter, fand
nicht immer die Billigung des Hofkriegs=
rathes, auch er wäre, wenn man strenge
nach dem Buchstaben des Gesetzes
und nicht nach dessen Geiste hätte
vorgehen wollen, demselben verfallen;
sein Monarch jedoch erkannte, daß das
Genie sich nicht von starren Regeln ein=
engen läßt, und daß sein kühner, freier Auf=
schwung dem Staate mehr nütze als
ein ruhiges Hinwandeln auf vorge=
schriebenen Wegen. Und auch Laudon
ist ein Genie; sein Adlerblick erfaßt das
Ziel im rechten Momente und sein in=
nerer Drang heißt ihn darauf losstürzen;
wollt' er den Rath erst von der Ferne
holen, so entschwänd' es ihm. Schweid=
nitz war nur durch einen kühnen Handstreich
zu nehmen, denn während Sie, meine
Herren, geprüft und überlegt hätten,
wäre der Preußenkönig mit seiner Ueber=
macht zum Entsatze gekommen, und wir
hätten eine Niederlage statt eines herr=
lichen Sieges zu verzeichnen. Laudon

jetzt strafen oder auch nur vor ein Kriegs=
gericht stellen heißt ihn verlieren —
und wahrlich, wir haben nicht viele
Laudons in der Armee.

Harrach. Niemand verkennt seine
Genialität, aber auch Wallenstein war
ein Genie, und wohin hätte dieser
Oesterreich gebracht?

M. Theresia (zuckt bei der Nennung
Wallenstein's unwillig auf).

Harrach (der dieß bemerkt, eindring=
licher fortfahrend). Je größer die Geister,
desto gefährlicher können sie werden,
wenn man ihnen alle Schranken öffnet.
Ich wiederhole es, ich habe nicht mit
der Person — nur mit der Sache
zu thun, und wenn Laudon mein eige=
ner Bruder wäre, ich müßte auf ein
Kriegsgericht antragen. Das Recht vor
Allem — nach gefälltem Spruche möge
die Gnade Ihrer Majestät walten.

Liechtenstein. Für den Mann von
Ehre ist eine Begnadigung auch eine
Strafe —

Harrach (zu Liechtenstein). Gott ist
mein Zeuge, daß ich mich gerne Ew.
Durchlaucht Ansicht anschlösse, wenn auch
nur Ein Entschuldigungsgrund vorläge,
wenn Laudon nicht so ganz eigenmäch=
tig gehandelt hätte! — Uebrigens unter=
werfen wir uns der Entscheidung, wel=
che die Weisheit Ihrer Majestät zu
treffen geruhen wird.

M. Theresia. Für= und Gegenrede
scheinen mir gleich triftig, so möge
denn diejenige von beiden den Ausschlag
geben, welcher die Mehrzahl der Ver=
sammelten beipflichtet. — Wer für das
Kriegsgericht ist, trete zu Harrach,
wer dagegen, zu dem Fürsten Liechten=
stein.

Die Generäle (treten näher zu
Harrach).

Liechtenstein (gekränkt). Ich bin
allein geblieben — habe also nichts mehr
zu sprechen — (plötzlich einen Gedanken
fassend) doch vielleicht zu handeln!

(Entfernt sich während des Folgenden durch die Mittelthüre.)

M. Theresia (ernst vor sich hinblickend). Der Würfel ist gefallen — armer Laudon!

Koch (hat rasch von einem der Generäle eine Schrift empfangen, und tritt, sich ehrfurchtsvoll verneigend, zu M. Theresia). Geruhen Ew. Majestät dieß Decret allergnädigst zu unterzeichnen.

M. Theresia (wirft einen Blick auf die Schrift, dann zu Koch). Leg' Er's dort auf den Tisch — (Zu Harrach.) Es soll dem Hofkriegsrath zugemittelt werden. (Mit einer verabschiedenden Handbewegung.) Ich entlasse Euch in Gnaden.

Harrach und die Generäle (nach einer tiefen Verbeugung durch die Mitte ab).

Koch (hat den Abgehenden die Mittelthür geöffnet, ist aber im Hintergrunde erwartungsvoll stehen geblieben).

M. Theresia (ohne auf ihn zu achten, im Vordergrunde auf- und niederschreitend). Daß es so hat kommen müssen! Ich hatt' mich so sehr gefreut, den wackeren Laudon, sobald er nach Wien gekommen, zu empfangen, hatt' auch schon Alles vorgerichtet, um ihm für die hohe Freud', die er mir gemacht hat, einen ganz ausnahmsweisen Lohn zu geben — wahrhaftig! wie eine Mutter, die ihren Kindern am Weihnachtsabend den Christbaum bereitet, hatt' ich mich gefreut, und nun — (tritt zum Tische und nimmt die Schrift zur Hand) nun liegt die — Zuchtruthe da! Aber ich kann dem Harrach nicht Unrecht geben — es darf nicht Jeder machen können, was ihm beliebt — das Ansehen meines Hofkriegsrathes muß gewahrt werden — (Mit einem schweren Seufzer.) So sei es denn — in Gottes Namen! (Setzt sich an den Tisch und unterzeichnet die Schrift, bleibt aber dann, das Haupt in die Hand stützend, gedankenvoll sitzen.)

Koch (welcher fortwährend lauernde Blicke auf sie gerichtet hat, für sich). Unterschrieben! Wenn ich nur sogleich das Decret zur Weiterbeförderung erhielte. — (Will langsam vorwärts, bleibt aber plötzlich stehen, da die Mittelthür sich öffnet.)

Neunte Scene.

Vorige. Kaiser Franz I., Liechtenstein.

Kaiser Franz I. und Liechtenstein (treten durch die Mitte ein).

Koch (für sich). Seine Majestät der Kaiser. — (Tritt wieder zurück.)

Kaiser Franz I. (nachdem er mit Liechtenstein einen Blick des Einverständnisses gewechselt, tritt anscheinend gleichgiltig vor).

M. Theresia (aufblickend). Ah, Euer Liebden! Sie treffen mich in recht trüber Stimmung — 's ist mir in der That leid um Laudon — warum hat er auch den Streich gethan!

Kaiser Franz I. (sich unwissend stellend). Welchen Streich?

M. Theresia. Die Eigenmächtigkeit bei Schweidnitz!

Kaiser Franz I. (sehr ernst). Dann müssen Euer Liebden mich bestrafen, denn mit meinem Vorwissen — auf meine Verantwortung hat Laudon gehandelt.

M. Theresia (erfreut, sich rasch vom Sitze erhebend). Was sagen Sie —?

Koch (tritt zum Tische vor, zu M. Theresia). Gestatten Euer Majestät, daß ich die Schrift — (Will nach derselben langen.)

M. Theresia. Wart' Er, ich muß sie erst bestreuen! (Ergreift wie zufällig statt der Streusandbüchse das Tintenfaß und begießt die Schrift.)

Koch (erschreckt). Um Gottes willen die Tinte — und gerade über die Allerhöchste Unterschrift —!

M. Theresia (lächelnd). Ich war wieder einmal ungeschickt!

Koch (hastig). Es soll sogleich eine neue Reinschrift besorgt und Euer Majestät unterbreitet werden —

M. Theresia (streng). Wenn ich es befehlen werde! — Geh' Er!

Koch (für sich). Da saß die Kugel schon im Centrum und fällt nun aus der Scheibe! (Schleicht betrübt durch die Seitenthür rechts ab.)

M. Theresia (nun mit voller Herzlichkeit zu Kaiser Franz I., seine Hand fassend). Franz, mit deiner Aussage hast Du mir das beste Angebinde zu meinem Namenstage gegeben! (Bemerkt jetzt erst Liechtenstein, welcher mehr rückwärts stehen geblieben war.) Ah, Ihr auch da, Fürst? (Lächelnd mit dem Finger drohend.) Ich errathe — Ihr beide habt schon wieder complottirt! — Nun — nun — dießmal verzeih' ich's gern. — (Hält ihm ihre rechte Hand entgegen.)

Liechtenstein (tritt vor und küßt die dargebotene Hand).

M. Theresia (seine Hand drückend). Ich hab' doch Recht, wenn ich immer sage: Der Graf Traun ist mein Schild, der Khevenhüller mein Ritter, aber der Wenzel Liechtenstein mein Freund! (Zu Kaiser Franz, ihren Arm in den seinen legend.) Jetzt aber laßt uns in den Park hinab — mir ist nun wieder so wohl — so leicht um's Herz! (Ab mit Kaiser Franz I.)

Liechtenstein (folgt).

Zehnte Scene.

(Verwandlung bei offener Scene. Das Parterre des Parkes im Lustschlosse zu Schönbrunn, rechts und links Statuen, den Hintergrund nimmt ein bewaldeter Hügel ein.)

Helmreich. Krummschnabel. Hofherren. Hofdamen.

Hofherren und Hofdamen (bewegen sich mehr im Hintergrunde der Bühne, entfernen sich aber während des Folgenden nach verschiedenen Richtungen).

Helmreich und Krummschnabel (nun in Civilkleidung, kommen vom Vordergrunde links).

Helmreich. Also Er ist aus dem Militärdienste entlassen?

Krummschnabel. Wie ich Euch schon erzählt hab' — ich war in's Lazareth zu Schweidnitz commandirt —

Helmreich. Wo auch der Gruber-Franz liegt?

Krummschnabel. Ja, das ist auch ein lieber Kerl — ist der Sohn von meinem guten Freund — ich behandle seinen verwundeten Arm auf's Zärtlichste, aber rein aus Bosheit gegen mich wird er alle Tag schlechter —

Helmreich. Das ist ja gut, sehr gut —

Krummschnabel. Den Teufel auch! — Kommt da so ein schlesischer Civildoctor, sagt, meine Cur wär' ganz falsch, nennt mich angesichts des Commandanten einen Esel! — da hab' ich quittirt —- natürlich mit Beibehaltung des Titels und Charakters —

Helmreich. Macht nichts — ich will Ihm die Mittel schaffen, auf dem Lande wo eine Baderstube einzurichten, wenn Er jetzt, meiner Tochter gegenüber, so red't, wie ich Ihm g'sagt hab' —

Krummschnabel. Mit Vergnügen! So räch' ich mich am besten an dem Gruber-Franzl — ich amputir' ihm seine Braut weg — aber wo ist sie denn?

Helmreich. Sie wartet dort in dem Pavillon, bis der allerhöchste Hof in den Park herabkommt — aber sieht Er? — jetzt kommt sie heraus — ich ruf's her — (Geht mehr gegen links und winkt in die Scene.) Resi! — Resi! (Wieder zu Krummschnabel.) Sie kommt!

Krummschnabel (für sich). Auf seinen Ruf? Da kommt das Mädel zu ein' schlechten Ruf!

Eilfte Scene.

Vorige. Resi (kömmt, in weißem Anzuge, das Haupt mit Blumen geschmückt, von links).

4

Resi (finster und etwas trotzig). Was will der Herr Vater?

Helmreich. Ein anderes Gesicht will ich einmal sehen! Dein ganzer Anzug ist so sauber — so nett und nur deine Stirn ist nicht ausgebügelt — sollt'st Dich schämen! (Etwas freundlicher.) Du schaust wirklich sehr lieb aus — ganz wie sich's für eine Braut paßt —

Resi (rasch aufblickend). Braut?! (Erblickt jetzt erst Krummschnabel; in freudiger Ahnung.) Und Er — Er ist hier? (Eilt zu ihm.) Ich hab' Ihn zum letzten Mal g'sehen im Lazareth zu Schweidnitz — am Schmerzenslager vom Franz — Er hat mir g'schworen, daß Er ihn nicht verläßt, bis er ganz herg'stellt ist — Er hat ihn also curirt?

Krummschnabel. Bring' Sie mich in keinen falschen Verdacht! Ein Arzt ist nur da, um der Natur nachzuhelfen, wenn aber einmal die Natur nichts mehr thut, dann — (Zuckt die Achseln.)

Helmreich (ist hinter Krummschnabel getreten, leise zu ihm). Recht so — nur fort in der Dicke!

Resi (ist erschrocken zurückgefahren). Was — was sagt Er?!

Krummschnabel (zu Resi). Erschreck' Sie nicht, — der Franz ist so viel als — aufgegeben!

Resi (schreit entsetzt auf und wankt, einer Ohnmacht nahe).

Helmreich (eilt rasch zu ihr und unterstützt sie). Resi! um Gottes willen! Du wirst doch nicht in Ohnmacht fallen, da, im kaiserlichen Park? — das ist verboten! (Zu Krummschnabel.) So helf' Er doch!

Krummschnabel. Mir scheint, sie hat das Hin- und Herfallende — nur den Daumen ausdrehen! (Will zu Resi.)

Resi (sich etwas erholend und Krummschnabel abwehrend). Nein — er hilft mir nicht! (Die Hand an's Herz pressend.) O — mein Herz! — (Sich ermannend.) Aber ich will stark sein — Alles ertragen — auch die gräßlichste Wahrheit —

Krummschnabel. Na also — ich hab' den Franz behandelt —

Helmreich (leise zu Resi). Da kannst dir das Weitere schon denken —

Resi (in höchster Verzweiflung). Er ist todt! — sag' Er's nur g'rad heraus! (Bricht in Thränen aus.) O mein Gott — mein Gott! —

Helmreich (winkt Krummschnabel »ja« zu sagen).

Krummschnabel (Resi anblickend, mitleidig, für sich). Sie erbarmt mich doch — ein Bisserl muß ich ihn noch leben lassen! (Laut.) Nein, ganz aus ist's noch nicht — aber er wird sterben — mein Wort d'rauf — er wird sterben — (für sich) aber wann? weiß ich nicht.

Resi (in tiefstem Schmerz). Und ich muß fern von ihm, muß da sein!

Helmreich. Und sollst Dich jetzt erst deines Daseins freuen können. Tröst' Dich — ist's nicht der Franz, so ist's ein Anderer — und was für ein Anderer! Resi! Denk' Dir das Glück, Du sollst eine Frau Baronin werden —

Resi (ihn starr ansehend). Vater! Davon kann Er reden — jetzt?!

Helmreich. Ja, weil im nächsten Augenblick die — Kaiserin davon reden wird.

Resi. Die Kaiserin?

Krummschnabel. So ist's! Ihre Majestät hat bekanntlich nur zwei Privatvergnügen: entweder Mariagen zu stiften oder Nonnen einkleiden zu lassen, und g'rad bei Gelegenheit Ihres Namensfestes —

Resi. Kein Wort weiter! (Will fort.)

Helmreich (sie an der Hand zurückhaltend). G'rad jetzt ein sehr ernstes Wort weiter! (Zu Krummschnabel.) Laß' Er uns allein!

Krummschnabel. Mit Vergnügen! (Für sich.) Ich bin froh, daß ich fortkomm', denn diese Tochtermarterei mitanzusehen, ist selbst für einen schlachtfeld-gewohnten Feldscher zu gräßlich! (Geht gegen den Hintergrund rechts ab.)

Helmreich (zu Resi). Jetzt kurz und gut — Du wirst deinem Bräutigam vorge-stellt werden —

Resi (macht eine heftige, abwehrende Bewegung).

Helmreich (sie an der Hand fassend, in drohendem Tone). Wenn Du auch nur mit einer Miene ein' Widerwillen zeigst, so klag' ich Dich an, daß Du damals heimlich aus meinem Haus davongelau-fen bist — Du weißt, daß es Straf-häuser gibt, in welche die Kaiserin so sittenlose Frauenzimmer einsperren läßt — das soll Dein Loos sein, ich schwör' Dir's bei allen Heiligen!

Resi (entschieden). Die Klag' wird der Herr Vater nicht vorbringen, sonst tret' ich gegen Ihn mit einer andern — schwereren Klag' auf!

Helmreich. Du gegen mich?

Resi (leise, aber eindringlich). Es ist in Schweidnitz ein Brief von Seiner Hand in meine Händ' 'kommen, der den Beweis liefert, daß Er dem Feind' Proviant zugeführt hat — den Brief hab' ich noch und trag' ihn (auf ihre Brust weisend) bei mir — tritt Er gegen mich auf, so —

Helmreich (hat erschreckt Resi's Hand losgelassen und ist zurückgetaumelt, faßt sich aber schnell, tritt wieder zu ihr; mit leiser bebender Stimme). So wirst Du deinen eigenen Vater an den — Galgen bringen!

Resi (zuckt erschreckt zusammen).

Helmreich (ihre Erschütterung rasch be-nützend, noch eindringlicher). Ja, ich bin rettungslos der Hand des Henkers ver-fallen, wenn Du auf die Art freie Hand behalten willst. — Thu' jetzt, was Du willst — ich aber — das sag' ich Dir — ich erfülle meinen Schwur! — (Es ist während der letzten Scene dunkel geworden, jetzt erscheint mit einem Male der Park von farbigen Lampen beleuchtet, und gleichzeitig hört man aus geringer Entfer-nung Festmusik.)

Helmreich. Das Parkfest nimmt sei-nen Anfang — (Gegen vorwärts blickend.) Der ganze Hofstaat kommt aus dem Schloss' herab — Auf deinen Posten! — Der nächste Augenblick soll entscheiden — Adelsdiplom oder — (macht eine Hand-bewegung gegen seinen Hals) fürchterliche Balance! — Aber in der Situation waren schon mehrere Lieferanten — ich laß's d'rauf ankommen! (Zieht Resi mit sich fort gegen links — beide ab.)

Zwölfte Scene.

Trabanten-Garden — Arcieren-Leibgar-den, ungarische Garden (treten zuerst von rechts im Vordergrunde auf, die ersteren weisen das Publicum, welches sich mehr im Hintergrunde sammelt, zur Ordnung). Kai-ser Franz I., Maria Theresia, Erz-herzog Josef, die Erzherzoginnen, Fürst W. Liechtenstein, Hofdamen, Hofher-ren (in Galakleidung), Graf Harrach, Generäle, Koch (treten vom Vorder-grunde rechts auf).

M. Theresia (zu Liechtenstein). Ihr habt doch den Laudon berufen lassen?

Liechtenstein. Nach Ew. Majestät Befehl.

M. Theresia (sich rings umsehend). Wo ist er denn?

Liechtenstein. Wahrscheinlich wieder ganz im Hintergrunde, 'sist so seine Art, als ob er beschämt wäre von seinen eige-nen Verdiensten. Doch ich werd' ihn wohl auffinden. (Entfernt sich gegen den Hinter-grund links.)

Koch (welcher mehr seitwärts von dem Hofstaate geschritten ist, tritt nun, sich ehr-erbietig verneigend, etwas vor). Geruhen Ew. Majestät zu gestatten, daß nun einige Abgesandte der Bürgerschaft —

M. Theresia (nicht zustimmend mit dem Haupte).

Koch (winkt mit dem Tuche gegen links).

Dreizehnte Scene.

Vorige — Refi — Helmreich (kommen mehr vom Vordergrunde links), später Laudon, Fürst Liechtenstein.

Refi (geht wankenden Schrittes an der Spitze der Mädchen, in der Hand einen prächtigen Blumenstrauß tragend; einige Schritte von dem Kaiserpaare entfernt sinkt sie in die Knie, hält den Blumenstrauß empor, will sprechen, bringt aber mit beklommener Stimme nur hervor). Eure — Majestät —! —

M. Theresia (mit gütiger Herablassung). Ei, wie befangen das liebe Kind ist! Sie zittert ja wie Espenlaub! Nun — nun — steh' nur auf! Ich erlaß Dir gern den Spruch — weiß ja ohne dies, daß meine guten Wiener mich lieb haben und mir das Beste wünschen!

Refi (hat sich erhoben und steht gesenkten Hauptes, dann, sich erst besinnend, tritt sie etwas näher zu M. Theresia und überreicht ihr den Strauß).

M. Theresia (nimmt den Strauß). Ich danke Dir — der Strauß soll meinen Arbeitstisch schmücken. (Uebergibt denselben einer der Hofdamen, dann wieder zu Refi, sie wohlgefällig anblickend.) In der That — ein reizendes Mädchen — Zu Koch.) Das ist wohl —?

Koch. Die Tochter des hochverdienten Bürgers Helmreich, Ew. Majestät unterthänigst aufzuwarten.

Helmreich (sinkt in die Knie, ganz verwirrt). Ew. Majestät! — Ich — die da — (auf Refi weisend) mein Werk — wir — o! verzeihen Majestät allergnädigst — aber — ich finde keine Worte — das Glück — die Ehre —!

M. Theresia. Steh' Er auf.

Helmreich (sich erhebend). Wenn Ew. Majestät erlauben. —

M. Theresia. Es wurde mir bereits bekannt, daß Er für Seine Tochter einen Bräutigam gewählt, den Baron Grenz —

Refi (aus gepreßter Brust aufstöhnend).

Ew. Majestät —! (Erhebt bittend die Hände zu ihr.)

M. Theresia (überrascht). Was soll dieß — —

Helmreich (rasch). Jungfräuliche Verschämtheit! — Aber sie wird gewiß — mit allerhöchster Zustimmung — (Leise zu Refi.) Du weißt, was ich Dir g'schwo-ren hab' —!

M. Theresia (zu Refi). Ich wünsche Dir Glück, denn der Dir Bestimmte ist ein edler und schöner Mann — ich will also —

Refi (noch im Kampfe mit sich selbst, für sich). Es gibt keinen andern Ausweg! (Mit muthiger Entschlossenheit, laut.) Ew. Majestät! Und wenn der Mann der Edelste des ganzen Reichs und schön wie der Erzengel Gabriel selber wär' — ich kann ihn nicht nehmen!

M. Theresia (aufwallend). Du kannst nicht —?!

Refi. Dennich — ich bin bereits Braut —

Helmreich (zornig, sich vergessend). Des Franz vielleicht? Dann —

Refi (vor Maria Theresia in die Knie sinkend). Des — Himmels! — Ich hab' — in dem gefährlichsten Augenblick meines Lebens das Gelübde gethan — in ein Kloster zu gehen!

Helmreich (wie oben). Ungerathene —!

M. Theresia (strenge zu Helmreich). Halt' Er an sich! Nach dieser Erklärung (hebt Refi sanft empor und legt ihre Hand auf deren Haupt) steht das Mädchen unter meinem Schutze — die väterliche Autorität reicht nicht so weit, daß sie von einem Gott gemachten Gelübde entheben könnte! (Zu Refi.) Ich will Dich einer würdigen Aebtissin empfehlen und selbst deine Brautmutter sein. Bis dahin — (sich zu einer der Hofdamen wendend) nehmen Sie, Frau von Petrasch, das gute Kind in Ihrem Hause auf, damit es sich dort zu seinem heiligen Berufe vorbereite!

Refi (eilt zu der Hofdame, sinkt derselben weinend an die Brust und geht mit ihr nach rechts ab).

Helmreich (ganz erstarrt, für sich). Ich bin versteinert — ich bin zu Eis gefroren —!

Koch (ist zu ihm getreten, leise). Macht, daß Ihr fortkommt, sonst begeht Ihr noch einen Unsinn —

Helmreich (leise). Ich kann keinen größeren begehen, als der war, daß ich so eine Tochter zur Welt gebracht hab'! (Verzweifelt, nach links ab.)

M. Theresia (zu ihrer Umgebung). Ich pflegte sonst an meinen Festtagen ein Brautpaar auszustatten, dießmal gilt's nur einer Braut. Doch es ist mir Gelegenheit geboten, dem heutigen Tage noch einen schöneren Abschluß zu geben.

Liechtenstein, Laudon (sind während dieser Scene vom Hintergrunde links gekommen und unter den übrigen Generälen stehen geblieben).

M. Theresia (Laudon erblickend, für sich). Ah — da ist er ja! (Laut.) Lieber Feldzeugmeister Laudon, tretet näher!

Laudon (tritt zu ihr vor).

M. Theresia. Ich habe noch nicht Gelegenheit gefunden, Euch meinen Dank für die letzte ruhmvolle That, durch welche Ihr nicht nur euer Feldherrngenie, sondern auch die Ehre der österreichischen Waffen so glänzend erprobt habt, auszudrücken, ich will dieß jetzt thun. — (Winkt einem der Hofherren.)

Ein Hofherr (tritt vor, auf einem Sammtkissen das in Brillanten gefaßte Großkreuz tragend).

M. Theresia (das Kreuz nehmend und fortfahrend). Dieses in Diamanten gefaßte Großkreuz hat bisher mein geliebter Schwager, der Herzog Carl von Lothringen, getragen. Nunmehr zum Großmeister des deutschen Ritterordens gewählt darf er kein anderes Zeichen als eben das dieses Ordens tragen, und legte dieses Großkreuz in meine Hände zurück. Ich

weiß keine würdigere Brust, welche ich jetzt mit demselben schmücken könnte, als die eure!

Laudon (auf ein Knie sinkend). Ew. Majestät übergroße Gnade —

M. Theresia (während sie das Kreuz an seiner Brust befestigt). Wird, deß bin ich überzeugt, Euch nur zu neuen Heldenthaten begeistern! (Trompeten und Pauken hinter der Scene — aus einiger Entfernung Geschützsalven.)

Laudon (sich erhebend). Mein Leben für das österreichische Kaiserhaus!

Franz I. (zu Maria Theresia). Ew. Liebden hegen die Absicht, jene Anhöhe (gegen den Berg im Hintergrunde weisend) mit einer Gloriette zu krönen, möge sich aber dort heute schon zeigen, was Oesterreichs höchste Glorie ist. (Er winkt.)

(Auf der Anhöhe zeigt sich in Flammenschrift der Name: »Maria Theresia.« — Feurige Garben steigen rings herum auf, die Fontainen springen in magischer Beleuchtung — Musik fällt ein.)

Alle. Hoch Maria Theresia!

(Der Vorhang fällt.)

Fünftes Bild.

(Hadersdorf und Belgrad. Park beim Schlosse zu Hadersdorf — links im Vordergrunde eine Gartenbank, rechts ein offener Pavillon, in demselben ein Tischchen und einige Stühle.)

Erste Scene.

Franz Gruber (allein).

Franz (nunmehr ein Mann in der Mitte der Vierziger mit starkem Schnurrbarte, in einem Militärrocke, jedoch ohne Waffen, sitzt, aus einer kurzen Pfeife rauchend, auf der Bank links und sieht in die Scene). Wie sich dort an den Gesimsen vom Schloß die Schwalben sammeln — wie immer neue dazufliegen! Ja —

wir haben halt schon August und da rüsten sie sich zum Abmarsch! — (Vor sich hinsehend.) Hm! Unsere Gedanken sein auch Schwalben — wenn's in uns kälter wird, ziehen sie den wärmeren Gegenden, unsern schönen Erinnerungen zu! (Zeichnet mit seinem Stocke Buchstaben in den Sand.)

Zweite Scene.

Franz. Lenore.

Lenore (über sechzig Jahre alt, in einfachem nettem Anzuge, einen Schlüsselbund an der Seite, kommt vom Hintergrunde links, geht bis zu Franz vor und sieht ihm über die Schulter). Was schreibst denn da? Schon wieder „Resi", als ob der Kalender gar keinen andern Namen enthaltet!

Franz (auf's Herz weisend). Der Kalender hat auch kein' andern!

Lenore. Sollt'st Dich schamen! bist jetzt schon ein Mann von vierundvierzig Jahren und noch allweil verliebt! Die Resi ist einmal im Kloster, also denk' Dir halt, sie ist g'storben.

Franz (aufstehend). Reden wir nichts mehr davon! Was ist's denn weiter? — Das Leben ist ja nicht wie eine Komödie, die immer mit einer Heirat ausgehen muß!

Lenore. Aber das Ledigbleiben taugt auch nichts! Wenn ich Dich so anschau — Du bist noch immer ein ganz stattlicher Mann —

Franz. Aber (auf seinen linken Arm weisend) ein Krüppel.

Lenore. Ah was! Weil Du den einen Arm nicht mehr frei bewegen kannst, das macht nichts! Die Blessur g'reicht Dir nur zur Ehr' und — (bedeutungsvoll) die hübsche Müllerswitwe von Weidlingau, die Frau Weißhuberin, hat erst neulich g'sagt —

Franz (gelangweilt). Aber was geht denn mich an, was die Frau Weißhuberin g'sagt hat!

Lenore. G'rad Dich geht's an, Franz! Du darfst nur ein freundliches Wort sagen —

Franz. Um mich von einem reichen Weibe füttern z'lassen!

Lenore. Wär' doch noch immer besser, als daß wir dahier 's Gnadenbrod essen!

Franz (auffahrend). Was Gnadenbrod! — Wie der Feldmarschall Laudon vor zehn Jahren das Gut Hadersdorf 'kauft hat, hat er mich zum Parkhüter und Euch, Frau Mutter, zur Beschließerin g'macht, wir müssen ihm dafür wohl dankbar sein, aber wir verdienen unser Brod — und das thu' ich lieber, als daß ich bei einem Weib, was mir ganz gleichgiltig ist, Lieb' robbot'! — Also nichts mehr davon! (Wendet sich ab.)

Lenore (für sich). O, ich laß doch nicht nach! — Auf ein' Schlag fallt kein Baum — (Sieht gegen rechts, laut.) Aber wer kommt denn dort? — Der Mensch kommt mir bekannt vor. Schau einmal!

Franz (auch gegen rechts sehend). Mir auch — aber er weckt in mir keine angenehme Erinnerung.

Dritte Scene.

Vorige. Krummschnabel.

Krummschnabel (bereits sehr gealtert, aber noch immer in affectirter militärischer Haltung, in Civilkleidung, aber mit hoher schwarzer Cravate mit weißem Vorstoß, kommt von rechts). Ah, da stoß' ich bereits auf Vorposten!

Franz. Die Stimm'! (Tritt näher zu ihm.) Das dumme G'sicht muß ich schon wo g'sehen haben!

Krummschnabel. Bitte, gleichfalls!
— Auf Ehr', wenn ich den Herrn anschau —

Franz. Was juckt mich denn auf
einmal mein linker Arm so? — (Ihn
fester in's Auge fassend.) Ja — meiner
Seel' — er ist's! — Krummschnabel!
Krummschnabel (ihn nun ebenfalls
erkennend). Gruber-Franzl! Alter Kriegs-
camerad! Lebt Er auch noch?

Franz. Weil mich g'schicktere Aerzt'
als Er behandelt haben, unter Ihm wär'
bald der Brand zu meiner Wunde
'kommen.

Krummschnabel (Lenoren erblickend).
Und das — die Frau Gruberin! (Tritt
zu ihr.)

Lenore. Kennt Er mich doch noch?

Krummschnabel. Es wär' eine Grob-
heit »nein« zu sagen! (Ihre Hand fassend.) Nun, wie geht's Ihr denn?

Lenore. Ich dank', recht gut.

Krummschnabel. 's ist niederträchtig!

Lenore und Franz (beleidigt). Was?

Krummschnabel. Pardon! Aber einem
Arzt kann man auf seine Frag': »Wie
geht's« nichts Unangenehmeres antwor-
ten, als »recht gut!« Wie kann's denn
nachher ihm gut gehen, wenn ihm jede
Aussicht auf Praxis benommen wird?

Franz. Also Er malträtirt die Menschheit noch immer?

Krummschnabel. Keine Anzüglich-
keiten! — Ich hab' die Baderstube in
Weidlingau gepachtet — reut mich aber
schon beinah' — ich hör', es soll da
herauft eine so gesunde Luft sein!

Franz. Aber was will Er denn hier?

Krummschnabel. Sonderbare Frag'!
— Sr. Excellenz dem Herrn Gutsbe-
sitzer meine Aufwartung machen — wenn
er vielleicht meiner Hilfe bedarf —

Franz. Hm, ich wüßt' nicht, daß der
Excellenzherr an Hühneraugen leidet!

Krummschnabel (gekränkt). Die ewigen Sticheleien! — (Zu Lenoren.) Wo
ist denn der Herr Gemal?

Lenore (sich die Augen trocknend). Der
— der ist seit sechs Jahren — todt!

Krummschnabel. Was Sie sagt!
— Und wie befindet er sich sonst? (Besinnt sich rasch.) Ja so! — Also g'storben?

Franz (ernst). Ja, wer ist seit der
Zeit, als wir uns zum letzten Male
g'sehen haben, nicht Aller g'storben? Die
große Kaiserin und ihr Gemal — der
Feldmarschall Graf Daun —

Krummschnabel. Aber der Laudon
lebt noch —

Franz. Und wird, wenn er auch
einmal todt ist, doch noch länger leben
im Andenken aller Oesterreicher, als Die-
jenigen, die ihn haben stürzen wollen —

Lenore (gegen den Hintergrund links
sehend). Still! still! — Die Excellenzfrau! —

Franz (ebenfalls hinsehend). Und mit
ihr noch ein alter Bekannter —

Krummschnabel. Ja, unser ehma-
liger Feldpater.

Lenore. Er lebt jetzt als Weltprie-
ster in Wien, kommt aber manchmal
auf Besuch heraus —

Franz. Ziehen wir uns zurück!

Krummschnabel. Mit Vergnügen
— ich war immer für den Rückzug!

Alle Drei (treten mehr in den Hintergrund rechts).

Vierte Scene.

Vorige. Clara. Woitic.

Clara (nun schon eine ältliche Dame, in
einfacher Landtoilette, Woitic im bürgerlichen schwarzen Kleide, Schuhen und Strümpfen, nur durch die Halsbinde als Priester
kennbar, kommen vom Hintergrunde links.)

Clara (zu Woitic). Es ist recht lie-
benswürdig von Ihnen, geistlicher Herr,
daß Sie uns wieder einmal heim-
suchen.

Woitic. Ihn ich gern, gnädige Frau, gefällt mir heraußen besser als in der Stadt; — da heraus unter grüne Bäum' ist wahrer Frieden Gottes, aber d'rin in Stadt —

Clara. Nun, in der Stadt —?

Woitic. Bin ich immer in Streit; — mir ist Alles recht, was Kaiser Josef befiehlt, aber meinen Collegen ist gar viel nicht recht, und da gibt immer Disput!

Clara. Ach! es geht seit einiger Zeit bei uns auch nicht mehr gar so friedlich her! — Ja die ersten Jahre lebten wir so glücklich in unserer ländlichen Zurückgezogenheit, aber nun, seitdem der Krieg gegen die Türken ausgebrochen ist —

Woitic. Ah — da wird altes Soldatenblut rebellisch — kann mir denken! — geht mir auch so!

Clara. Mein Mann bekömmt immer die Berichte über den Verlauf — und damit ist er nun gar nicht zufrieden — Alles geht ihm zu langsam, Vieles scheint ihm unrecht angefaßt, da brummt und murrt er nun im ganzen Hause herum — Niemand kann ihn zufriedenstellen und ich weiß nicht, wie ich abhelfen soll — ach! ich bin ein recht geschlagenes Weib!

Woitic. Na warten's, werd' ich schon bißl aufmischen!

Clara. Ja, geistlicher Herr, thun Sie das! Ich weiß, er sieht Sie gern —

Woitic (scherzend). Na — bin ich ja schöner Mann — ha, ha, ha!

Clara. Suchen Sie ihn also zu zerstreuen, seine Gedanken von den ewigen Kriegsgeschichten abzulenken.

Woitic. Werd' ich schon machen — (Sich umsehend.) Wo ist —?

Clara. Er ist in den Park herabgegangen, aber in welchem Theile desselben er eben ist —? (Bemerkt Lenoren.) Ah — Frau Gruberin! Suche Sie meinen Mann doch auf — sag' Sie ihm, daß ihn ein lieber Besuch erwartet.

Lenore. Wie Excellenz befehlen! (Im Abgehen für sich.) Dann such' ich aber die Weißhuberin auf! (Ab nach rechts.)

Woitic (auf Franz weisend). Ah! — da treff' ich ja noch alten Bekannten! (Hält ihm die Hand entgegen.) Servus, Grenadier! — (Auf Krummschnabel weisend.) Und Pflasterschmierer auch! —

Clara (zu Woitic). Wenn Sie sich wenige Augenblicke mit dieser Gesellschaft unterhalten wollen, so will ich indeß für einige Erfrischungen sorgen —

Krummschnabel. O bitt', Excellenz, machen Sie sich meinetwegen keine Ungelegenheiten!

Clara. Ich werde sogleich wieder das Vergnügen haben! — (Ab nach links.)

Krummschnabel (ihr nachsehend). Ist eine liebe Frau —

Woitic. Ja, ist nicht bloß Excellenzfrau — sondern ist excellente Frau — Das ist mehr!

Krummschnabel. Und wie befinden sich denn Hochwürden?

Woitic. Dank, gut —

Krummschnabel (für sich, verzweifelt). Schon wieder.

Woitic. Bissel alt werden wir wohl —

Krummschnabel. Und leben in einer neuen Zeit, das ist das Unangenehme!

Woitic. Warum? — Zeit ist wie Weib; wer sie versteht und gut mit ihr umgeht, den betrügt sie nicht; na — und wenn ein Alter kriegt neues Weib, kann er auch zufrieden sein!

Krummschnabel. Na, wir werden schon sehen, wohin's mit den Neuerungen der jetzigen neuen Zeit kommt! Bei der Armee sollen jetzt lauter wissenschaftlich gebildete Aerzte angestellt werden — na — wir wollen abwarten, ob dann weniger Soldaten erschossen werden! Ich sag's, der Kaiser Josef —!

Franz. 's Maul g'halten! — Er ist hier auf dem Grunde und Boden eines alten Soldaten, und ich bin auch einer — da wird also nicht über den Kaiser räsonnirt — verstanden? Woitic. (zu Franz). Laß' Er ihn! Gibt ja kein größeres Compliment für einen Monarchen, als wenn — (auf Krummschnabel blickend) Dummköpf' sein nicht zufrieden mit ihm! Krummschnabel (beleidigt). Dummköpf —?! Mir das! (Laugt nach seiner linken Seite.) Ein Glück für Sie, daß ich in Civil bin — das hätte Blut gefordert! (Drohend.) Aber nur Geduld! wenn Sie sich einmal von mir barbiren lassen, dann —

Woitic (gegen den Hintergrund rechts blickend). Still! kommt Excell=nzherr!

Fünfte Scene.

Vorige. Laudon.

Laudon (in bürgerlicher, etwas unmodischer Kleidung, einen Spaten in der Hand, kömmt vom Hintergrunde rechts her). Guten Tag, Woitic! (Reicht ihm die Hand.) Woitic. Ah — (Excellenz kommen von Arbeit? Laudon (verdrießlich). Ja — hab' meine Zuckerrüben in Reih' und Glied gestellt, weil ich keine Soldaten mehr habe! Krummschnabel (tritt vor, seine Hand militärisch salutirend an den Hut legend). Excellenz! Ich stehe zu Befehl! Laudon (mürrisch). Wart' Er, bis ich Krautköpfe einsetze! (Zu Franz etwas freundlicher.) Lieber Gruber, bring' Er uns das Schachbrett und sorg' Er dann, daß wir nicht g'stört werden. Franz. Sehr wohl, Excellenz! (Geht.) Krummschnabel (leise zu Franz). Mich trumpft er allweil ab — ich merk's, er sieht mich nicht gern' in seinem Haus — er eifert noch immer! (Ab mit Franz nach links.)

Laudon (zu Woitic). Aber ich habe Sie gar nicht gefragt, ob Ihnen auch eine Partie gefällig —? Woitic. Immer! — Muß doch letzte Partie einmal zu End' kommen! Laudon. Ja, die zieht sich in die Länge — 's wird immer hin- und hergeschoben, wie im letzten Jahre des siebenjährigen Krieges —. Woitic. Und am End' ist Partie aus, und hat Keiner was gewonnen. Laudon. Wie bei dem Friedensschluß zu Hubertsburg — Woitic. Na — lassen wir Vergangenheit — wir sein noch da — freuen wir uns des Lebens — Laudon. Wenn's nur ein Leben wäre, das der Müh' zu leben werth wäre! — Aber wenn Unsereins zur Unthätigkeit verurtheilt ist, kömmt man sich vor wie ein eingehender Jagdhund! — (Mit Lebensüberdruß.) Ah, — 's ist nichts mehr! — (Sieht gegen links.) Aber da kömmt das Schachbrett! — Spielen wir Krieg, da es uns nicht mehr gestattet ist, ihn im Ernst zu führen!

Sechste Scene.

Vorige. Franz.

Franz (bringt ein Schachbrett mit aufgestellten Figuren, und stellt es auf den Tisch im Pavillon, worauf er sich nach rechts entfernt). Laudon. Nun — Platz genommen! Beide (setzen sich an den Tisch). Laudon (das Schachbrett überblickend). Die Stellung ist unverändert — Sie haben den ersten Zug — Woitic. O, hab' ich mir ganz schlau überlegt ganze Wochen! (Zieht.) Laudon (lebhaft). So? — So? — Machen Sie den Zug zurück, oder Sie sind schach und matt! Woitic. Wie denn?

Laudon. Sehen Sie, gerade so wie Sie jetzt stand im bairischen Erbfolgekrieg das preußische Heer unter dem Prinzen Heinrich bei Budin mir gegenüber. Nun geben Sie Acht! — Ich führe den Thurm so vor — so hätt' ich's mit dem schweren Geschütz gethan —

Woitic. Teufel — da steht König —

Laudon (eifriger). Der Prinz Heinrich —

Woitic. Noch ein Zug — (Verschiebt die Figur.)

Laudon (wie oben). Nun den Springer — die Cavallerie vor! —

Woitic. Matt — meiner Seel'!

Laudon. Ja — so wär's gegangen — aber da kam plötzlich der Befehl, keine Schlacht mehr zu liefern — man hatte, ohne daß ich d'rum wußte, bereits die Friedensunterhandlungen eingeleitet, und dadurch war ich um den größten Ruhm meines Lebens gebracht! — Meine militärische Laufbahn endigte — mit einem erfolglosen »Zwetschkenrummel«. Mein Leben gleicht einer Kerze, die nicht mit einem hellen Aufflackern erlischt, sondern mit trübe fortglimmendem Dochte langsam und, kaum beachtet, abstirbt. (Stützt das Haupt in die Hand.)

Woitic. Ja, muß ich Excellenz sagen, daß sich hat ganze Welt gewundert, daß, wie ist ausgebrochen vor zwei Jahren der Türkenkrieg, Sie nicht haben kriegt Commando!

Laudon (rasch aufstehend). Hab' ich mich denn nicht selbst gemeldet — war ich nicht beim Kaiser und hab' ihm meine Dienste angeboten? aber er legte die Hand auf meine Schulter und gab mir freundlich die Antwort: »Mein lieber Laudon! Sie haben schon das Ihrige gethan, Sie sind schon gebrechlich, genießen Sie lieber Ihre Tage in Ruhe!« — (Mit tiefster Kränkung.) O geistlicher Herr! dieß Wort aus dem Munde meines Kaisers machte mich wirklich um viele Jahre älter — im Augenblicke

fühlt' ich mich in der That gebrechlich, denn — ich war nahe daran zusammenzubrechen. Ich bin alt — die Alten schiebt man zur Seite, aber (feurig) hätte der Kaiser in mein Herz gesehen, welches so heiß für ihn, für sein Reich und seinen Ruhm glüht — er hätte mich einem zwanzigjährigen Jünglinge vorgezogen!

Woitic. Na, Majestät hat wollen zeigen, daß er selbst auch keine Gefahr — keine Strapaz scheut, und hat Commando selber übernommen —

Laudon. Um zu zeigen, daß man der vortrefflichste Regent und doch — ein unglücklicher Feldherr sein kann! Meine Zurückweisung würde mich, bei Gott! nicht schmerzen, wenn nur Andere Erfolge errungen, aber so —

Woitic. Ja — (etwas leiser) geht schief in Türkei —

Laudon. Es geht nicht vorwärts und das ist schlimm genug! — Ich begreife den Laded nicht — (geht unruhig auf und nieder), die Armee in so weitem Umfange zu zertheilen, wo die einzelnen Corps nichts richten können — die Soldaten in dem ungesunden Klima hinsiechen —

Woitic. Soll Kaiser selber auch schon sehr krank sein!

Laudon. Ja, um einen solchen Feldzug mitzumachen — dazu bedarf's stählerner Nerven, abgehärtet muß man sein von frühester Kindheit an —

Woitic. Aber daß Niemand hat aufmerksam gemacht Seine Majestät darauf!

Laudon. Wer denn? Wenn ein Fürst auch befiehlt, ihm das reine Quellwasser der Wahrheit zu reichen, so hat er in seiner Umgebung doch immer Leute, die ihm nur das laue Zuckerwasser der Schmeichelei credenzen —

Woitic (auch mehr erbittert) Verdammte Schranzen, miserable!

Laudon (immer heftiger). Kriechendes Gewürm mit der ekligen kaltglatten Haut, das mit seinem giftigen Speichel diedelsten Blüthen tödtet! (Geht in zorniger Aufregung auf und nieder.)

Woitic (ebenfalls auf und niedergehend). Wär' ich Herrgott, commandirte ich Regiment Teufel, daß soll holen ganze Bagage!

Siebente Scene.

Vorige. Clara. Krummschnabel.

Clara (kommt, während die beiden Männer noch polternd auf und niedergehen, von links).

Krummschnabel (folgt ihr in einiger Entfernung).

Clara (befremdet stehen bleibend). Mein Gott! was geht denn hier vor?

Woitic (wieder ruhiger). O, ist nichts — such' ich nur Excellenzherrn bisserl aufzuheitern!

Laudon (noch unmuthig zu Clara). Was soll's denn wieder?

Clara (etwas verletzt). Nun — nun! faß' mich doch nicht so rauh an! Ich wollte nur fragen, ob das Gouter hier im Parke oder im Salon servirt werden soll?

Laudon (wie oben). Mir gleich — wie's den Herren beliebt.

Krummschnabel (sich verneigend). O ich bitt' — meinetwegen in der Herrschaftskuchel.

Achte Scene.

Vorige. Franz.

Franz (kömmt hastig von rechts). Excellenz! —

Laudon (noch immer nawirsch). Ist denn keine Ruhe? — Hab' ich ihm nicht befohlen —?

Franz (in militärischer Haltung). Halten zu Gnaden, Excellenz! Jetzt muß ich stören — An's Schloßthor sind einige Officier gesprengt gekommen, der eine von ihnen hat gesagt, er muß Ew. Excellenz sprechen um jeden Preis — (Gegen rechts sehend.) Er ist mir auf dem Fuß gefolgt und — da — da ist er schon!

Neunte Scene.

Vorige. Horst. Zwei Officiere.

Horst (in der Uniform eines Majors, tritt rasch von rechts auf). Entschuldigen Excellenz — aber wir kommen im Auftrage Seiner Majestät des Kaisers, um Ihnen dieß Schreiben von Allerhöchstseiner eigenen Hand zu übergeben. (Zieht aus der Brusttasche ein großes versiegeltes Schreiben, welches er Laudon überreicht.)

Laudon (von freudiger Rührung erfaßt). Ein Schreiben — von meinem Kaiser?! Er gedenkt also seines alten Laudon noch? (Erbricht mit zitternden Händen das Siegel und entfaltet den Brief — liest — sein Antlitz wird fast verklärt, sein Auge richtet sich begeistert nach oben und seine Brust hebt sich in stolzer Erregung.)

Woitic (ihn verwundert ansehend). Was geht vor? (Zu Laudon.) Excellenz! bin ich nicht neugierig, aber gib ich Alles d'rum zu wissen, was geschrieben hat Majestät.

Laudon (gibt ihm das Schreiben). Lesen Sie selbst und laut!

Woitic (feierlich). Brief von Seiner Majestät — Hut herunter! (Nimmt selbst den Hut ab.)

Krummschnabel (entblößen ebenfalls
Franz } ihre Häupter).

Woitic (auf eine Stelle des Briefes weisend). Da steht mit fester Schrift großer Namen »Josef« (Küßt die Stelle.)

Clara (zu Woitic). Lesen Sie doch —

Woitic (gerührt). Wartens bissel, Excellenz! sein mir Augen übergangen!

(Trocknet sich die Augen.) Also habt Acht! (Liest.)

»Ich befehle Ihnen nicht, mein lieber Feldmarschall Laudon das Commando meiner Truppen zu übernehmen, aber ich bitte Sie, es zum Besten des Staates und aus Liebe für mich anzunehmen «

Horst (zu Laudon). Und was, Excellenz! beschließen Sie —?

Laudon (in jugendlichem Feuer aufflammend). Wer fragt da noch? — Mein Kaiser befiehlt nicht, mein Kaiser bittet — und wenn ich auf der Bahre läge, sein Ruf würde mich zu neuem Leben erwecken! — Ja, ich fühl's. mein Blut jagt mit frischer Jugendlust durch die Adern, gleich dem Gießbache des Berges, wenn der Lenz ihn vom Eis befreit! Der Spätherbst des Lebens wird für mich zu einem neuen Frühling — es gilt die vergilbten Kränze durch neue, hell grünende, zu ergänzen!

Clara (etwas betrübt). Und wann gedenkst Du abzureisen?

Laudon. Heute — in dieser Stunde noch!

Clara. Aber, mein Himmel! es ist nichts vorbereitet —

Laudon. Meine Uniform — meinen Degen! — dann bin ich zu dieser Reise vollkommen gerüstet! (Gilt nach links ab.)

Clara } (folgen ihm).
Officiere }

Woitic (den letzteren nachrufend). Warten's! geh' ich auch mit — muß mir Excellenzherr wieder Säbel leihen! Wann geht General Laudon, da bleibt Feldpater Woitic nicht zurück! Will ich Türken katholisch machen! (Ab nach links.)

Krummschnabel (ihm nachrufend). Meine Empfehlung an die Herren Musellente. aber ich muß auf die Ehre ihrer Bekanntschaft verzichten — mich ruft Weidlingau, und in Hütteldorf ist's schöner als bei der Stadt Belgrad!

Franz. Aber mich — mich muß der Herr Feldmarschall auch mitnehmen — das erbitt' ich mir von ihm als besondere Gnad' — (Spricht mit Krummschnabel fort.)

Zehnte Scene.

Vorige. Lenore. Marianne Weißhuber.

Lenore, }
Marianne, eine hübsche Frau } (kommen
von ungefähr dreißig Jahren in } von rechts).
bürgerlichem reichen Anzuge }

Lenore (Franz erblickend, leise zu Mariannen). Er ist noch da! — Jetzt schau halt die Frau Weißhuberin, daß Sie ihn ein bissel zum Aufthauen bringt!

Marianne (leise zu Lenoren). Ja, heut' will ich einmal g'rad heraus reden.

Franz (sich umsehend). Wer red't denn da?

Krummschnabel (Mariannen erblickend, für sich). Die schöne Müllerin! — Auf die hab' ich schon lang eine Schneid' wie ein Barbiermesser! — Ich muß den Galanten spielen! (Putzt sich zurecht.)

Franz (zu Mariannen, kühl). Guten Abend. Frau Weißhuberin! (Zu Lenoren.) Frau Mutter! Sei Sie so gut und pack' Sie mir ein bissel eine Wäsch' in mein Ränzel zusamm. —

Lenore (erstaunt). Wäsch' einpacken? willst denn verreisen?

Franz. Ja — nur ein kleines Bissel in die Türkei —

Lenore (erschreckt). Gott im Himmel!

Marianne (rasch vortretend). Was fallt Ihm denn ein, Herr Gruber! — Was hat denn Er in der Türkei zu suchen?

Franz. Zu suchen hab' ich auf der ganzen Welt nichts mehr, aber bei meinem Excellenzherrn will ich bleiben — er geht zur Armee — —

Lenore (fast weinend). Aber ich bitt' Dich um Alles in der Welt —!

Marianne (zu Lenoren). Laß' Sie mich reden! (Zu Franz.) Und Er, Herr Gruber! hör' Er mich an! Er hat sich gedient genug im Leben, da wär's doch Zeit, daß Er einmal d'ran denkt, sein eigener Herr zu werden. Und das ist nicht schwer, es gibt ehrsame Wittwen, die sich in der Einschicht nicht g'fallen — und — daß ich's nur g'rad heraus- sag' — ich red' von mir selber.

Eilfte Scene.

Vorige. Resi.

Resi (zwar nicht als Nonne, aber doch in einem schwarzen Gewande mit über Kopf und Schulter geschlungenem Tuche, tritt von rechts, mehr rückwärts auf, bleibt aber, die Anwesenden gewahrend, stehen).

Franz (schon etwas überdrüssig). Na also — da wird Sie schon einen zwei- ten Mann finden —

Marianne (Franz plötzlich an der Hand fassend). Und — wenn ich ihn schon ge- funden hätt'—?

Franz (ganz ruhig). Meint Sie mich?

Marianne (herzlich). Zu was viel Um- ständ'? — Ich sag' Ihm: »Ja, Franz! Er ist's —

Krummschnabel (für sich, erbittert). Geschmacklosigkeit ohne Gleichen!

Franz (zu Mariannen). Sie irrt sich — mich kann Sie nicht g'funden haben —

Marianne (seinen Arm loslassend, be- fremdet). Warum nicht —?

Franz (mit Selbstbewußtsein). Weil ich mich noch nicht verloren hab'! Ein ehrlicher Mann gibt seine Hand nicht ohne sein Herz, und das gehört noch immer meiner Resi! Wenn ich also um Sie werbet, wär' ich jedenfalls ein Falschwerber, und so tief bin ich noch nicht g'sunken — (Wendel sich ab.)

Marianne (zurücktaumelnd). Wie wird mir denn?

Krummschnabel. Endlich Eine, der übel wird! (Eilt zu ihr und unterstützt sie; im schmelzendsten Tone). Weißhuberin — Marianne —!

Marianne (in tiefster Kränkung). Er — er schlagt mich aus!

Krummschnabel (sie an seine Brust ziehend) Für diesen Ausschlag weiß ich ein' Umschlag —

Franz (zu Lenoren). Also, Frau Mutter! pack' Sie meine Sachen. (Geht gegen links.)

Lenore (schmerzlich ihm nach- rufend) Franz!

Marianne (ebenfalls nachru- fend). Herr Gruber!

(zugleich).

Franz. Laßt es gut sein — mich halt' kein Axten mehr zurück! (Will ab.)

Resi (noch im Hintergrunde). Franz!

Franz (bleibt plötzlich wie festgewurzelt stehen). Die Stimm'!

Lenore. Was ist's denn? (Sieht sich um — in höchster Ueberraschung). Die Resi!

Franz (ohne sich noch umzusehen, ganz außer sich). Re — Resi —?! — Frau Mutter! Um Gottes willen! schau' Sie nochmals recht hin! denn wenn Sie sich g'irrt hätt' — ich — haltet's nicht aus!

Resi (kommt vorwärts, legt ihre Hand auf Franz' Schulter, mit sanfter Stimme). Glaub's nur, Franz! — Ich bin's wirklich!

Franz (wendet sich um, verzückt). Wirk- lich? — wirklich! — Resi! Du — bei mir! —— (Will mit ausgebreiteten Armen an ihre Brust sinken, sein Blick fällt aber auf ihr Kleid —— er tritt mit einiger Scheu zurück — mit dem Ausdrucke der Wehmuth.) Aber in dem Kleid —!

Resi (heiter). G'fallt's Dir nicht? — Na — so — weg damit! (Wirft rasch das Tuch und das Kleid von sich und zeigt sich nun in bürgerlicher Kleidung.)

Alle (überrascht). Ja — was soll denn das?

Resi (zu Franz). Das Kloster, in dem ich war, ist aufgehoben worden — ich bin meines Gelübdes enthoben —

Franz (freudigst). Aufgehoben? Enthoben? (Tritt von ihr weg, mit Begeisterung). Wer mir jetzt noch was gegen den Kaiser Josef red't, den schlag' ich nieder! (Wieder zu Resi zurückkehrend und sie innig umarmend.) Du bist also der Welt — bist mir wiedergegeben?

Resi (ihn sanft von sich drängend). Laß — laß'! — schau mich nur erst recht an — auch ich bin seit der Zeit nicht jünger 'worden!

Franz. Was liegt d'ran? — Engel haben ja kein Alter! (Umarmt sie auf's Neue.)

Krummschnabel (zu Mariannen). Frau Weißhuberin! Ich muß es als einen Diätfehler erklären, wenn Sie der G'schicht' (auf die Liebenden weisend) länger zuschaut!

Marianne (zu Krummschnabel). Ja führ' Er mich fort! — Ich hab's gut g'meint mit dem (etwas verächtlich auf Franz blickend) Halbinvaliden.

Krummschnabel (ihren Arm unter den seinen legend). O! es wird sich für ihn ein ganz Valider finden, der sorgfältig jeder Kugel ausgewichen ist, um einst einen geliebten Gegenstand mit zwei gesunden Armen umarmen zu können! (Ab mit ihr nach rechts.)

Lenore (zu Franz.) Na, Franz! Soll ich noch einpacken?

Franz. Nein — nein! — Jetzt bringt mich nichts mehr fort! (Zu Resi.) Also Du bist jetzt ganz frei und unabhängig — kannst über Dich selbst verfügen!

Resi (seufzend). No — majorenn bin ich derweil 'worden! — Aber eben deswegen — laß' uns erst ruhig so Manches besprechen — (Blickt auf Lenoren.)

Lenore (lächelnd). Versteh'! na, ich geh' schon! (Für sich im Abgehen.) Weil er mir nur nicht fortgeht! (Ab nach rechts.)

Resi (faßt Franz an der Hand und führt ihn zur Bank links). Setz' Dich da zu mir — (Beide setzen sich). So! — Und jetzt g'steh' mir's nur aufrichtig! Gelt — Du hast, wenn Du auch die ganze lange Zeit hindurch an mich gedacht hast, Dir mich immer nur so vorg'stellt, wie ich einmal war?

Franz. Na ja — ein Bissel hast Dich wohl verändert — aber ich auch — das gleicht sich also aus.

Resi. Nicht so ganz. — Du bist noch ein Mann in den schönsten Jahren, ich — (seufzend) ein altes Mädel —

Franz. D'rum heiraten wir, so bist Du wieder ein ganz stattliches Weiberl! Schau, Resi, weil ich Dich doch wieder g'funden hab', so kommt's mir fast gut vor, daß wir so lang getrennt waren. Geliebt hab' ich Dich doch immerfort, und ich möcht' sagen, es ist eine reinere, höhere Lieb' geblieben — wer weiß', ob sich die so erhalten hätt', wenn ich Dich in der ersten stürmischen Leidenschaft errungen hätt' — die Blüthen sein's ja, die im Sturm am ersten abgestreift werden; jetzt begegnen wir einander mit gereiftem Verstand — die Leidenschaft hat nichts mehr d'reinzureden — und es wird ein um so inniger Bund werden, wenn Freund und Freundin sich die Händ' reichen, um den Rest des Lebensweges mit einander zu wandeln — (Hält ihr die Hand hin.) Na — schlagst ein?

Resi. Noch Eins — mein Vater — —

Franz. Der hat doch jetzt nichts mehr d'reinzureden?

Resi. Er thut's auch nicht — er hat nur verlangt, daß ich ihm den gewissen Brief, der sein Verbrechen beweist, verkauf' —

Franz. Verkauf'? — Und das hast Du gethan?

Resi. Er hat mir hunderttausend Gulden dafür gegeben — die g'hören jetzt uns —

Franz (aufspringend). Mir nicht — mir nicht! — Es ist das Geld, um was er den Staat betrogen hat, das brächt' uns kein' Segen —

Resi. Was wolltest Du also damit thun?

Franz. Es auf den Altar zurückle- gen, von dem es genommen ist —

Resi (fällt ihm um den Hals). Franz, das beweist, daß zwei Leut', die sich wirklich lieben, auch immer nur Einen Gedanken haben — denn das — das war auch mein Entschluß. — Da (eine Brieftasche hervorziehend) hast Du das Geld — verfüg' darüber.

Franz. Still — still — der Feld- marschall.

Zwölfte Scene.

Laudon. Clara. Horst. Woitic. Diener, dann Franz. Resi. Krumm- schnabel. Marianne. Lenore, zuletzt Officiere. Volk.

Laudon
Clara
Horst   (kommen von links).
Woitic
Einige Diener

Laudon (in voller Uniform mit Über- rock, kömmt mit beinahe jugendlicher Rüstig- keit). So! marschfertig!

Woitic (trägt einen Säbel unter dem Arme). Ich auch! Geh' ich bissel als Missionär auf Reisen!

Laudon. Ja, wir Alten wollen wie- der einmal zeigen, daß wir's noch mit dem jungen Nachwuchse aufnehmen können!

Franz. Excellenz! bevor Sie von uns scheiden, erlauben Sie gnädigst, daß ich Ihnen noch eine alte Bekannte auf- führ' — (Auf Resi weisend.)

Laudon. Ha! mein wackeres Mäd- chen von Schweidnitz! — Du hast Dich meinem Danke bisher entzogen —

Resi. Den können Excellenz mir jetzt abtragen —

Laudon. Wie denn? sprich schnell —

Resi. Indem Sie mir den da (auf Franz weisend) abtreten!

Laudon. Ha, ha! Bewährt sich das Sprichwort wieder: "Alte Liebe rostet nicht!" Nun — zugestanden, und was das Heiratsgut betrifft —

Franz. So sei'n wir Zwei uns gegenseitig das beste Heiratsgut! — Aber mein Schwiegervater will den heutigen Tag besonders feiern — er bittet daher Ew. Excellenz, durch mich den Betrag von hunderttausend Gulden anzunehmen und beliebig für Kriegszwecke zu verwenden — (Überreicht das Portefeuille.)

Laudon. Angenommen — werde Sr. Majestät Meldung erstatten — und Euch — (zu Franz und Resi) Glück zum Ehestand!

Woitic. Und von mir Segen, so viel Ihr wollt —

Krummschnabel
Marianne   (kommen ebenfalls
Lenore   von links).

Krummschnabel (zu Woitic). Wenn Hochwürden noch einen Segen übrig ha- ben, bitten wir Zwei (auf Mariannen wei- send) auch darum. Ich heirat' und leg' meine ärztliche Praxis nieder!

Woitic. Schon wieder wohlthätiges Werk für Menschheit! —
(Man hört von Seite links laute Stimmen und Menschengewoge.)

Laudon. Was ist's?

Lenore. Ach, Excellenz! Die Leut' aus dem Ort haben g'hört, daß Excel- lenz in's Feld ziehen, und da wollen sie Alle Excellenz nochmals sehen — sie sein nicht zurückzuhalten --

Laudon. Nun — nur herbei — ich will von meinen Nachbarn und Unter- thanen noch kurzen Abschied nehmen!

Officiere und   (eilen von links
Volk beiderlei   und rechts auf die
Geschlechts   Bühne).

Laudon (zu Clara). Du, mein gutes Weib, bist bei mir schon das Abschied= nehmen gewöhnt worden!

Clara (sinkt an seine Brust). Mich hält die schon oft erfüllte Hoffnung auf= recht, daß Du als Sieger heimkehrst.

Laudon. Ich vertrau, dem Gott dort oben — und dem in meiner Brust! (Die Bühne verdunkelt sich etwas — die Hö= hen erglühen im Abendroth.) Laudon (etwas trauriger fortfahrend). Es gilt einen — ach! vielleicht den letzten Freudenstrahl in das versiegende Leben meines Kaisers zu bringen. (Zu dem Volke.) Und nun lebt wohl Alle — Alle! Wendet eure Blicke gegen Osten — bald soll Euch von Belgrads Mauern her die frohe Siegeskunde werden! (Ab mit Woilic, Clara, Gideon und den Offi= cieren.)

Franz (zu Resi). Wenn ich jetzt nicht bei Dir wär', möcht' ich im Lager sein — ha! da wird's gleich ein neues Le= ben geben, und die Mauern von Bel= grad werden von selbst zu wackeln anfan= gen, wenn das Lied ertönt —

Laudon=Lied mit Chor.

Franz.

1.

Im Namen, den ein Held sich schafft, Liegt oft schon wahre Zauberkraft, Ist auch ermattet schon das Heer — Da tönt ein Ruf von ferne her —

„Der Feldherr kommt!" Und neu belebt Bei diesem Ruf sich Alles hebt — Begeistert schallt's von Mann zu Mann: „Der Laudon — der Laudon rückt an!"

Chor.

Der Laudon — der Laudon rückt an!

Franz.

2.

Der Name imponirt dem Feind, Der siegessicher sich gemeint, Ein Schreckenswort wird jetzt ihm kund, Und bebend geht's von Mund zu Mund' — „Wird Der uns gegenüberstehn, Dann müssen wir zu Grunde gehn!" — Der Türk' fangt da zu zittern an — Denn der Laudon — der Laudon rückt an;

Chor.

Der Laudon — der Laudon rückt an!

Während des Liedes verdunkelt sich die Bühne immer mehr — zuletzt wird sie durch vorne herabsinkende Schleiervorhänge ganz den Bli= cken entzogen — die Melodie des Liedes geht nach und nach in eine kriegerische über, bis sich die Vorhänge wieder heben, und ein großes Schlußtableau Laudon in dem Mo= mente zeigt, in welchem ihm der besiegte Commandant von Belgrad die Schlüssel überreicht.

Der Vorhang fällt.

Druck von Leopold Sommer & Comp. in Wien.